雁の引く頃

作：御子柴龍彦

懐かしきKに捧ぐ

雁の引く頃

プロローグ

爛々と昼の星見え菌生え　　高浜虚子

一つの「意識」が泥や油にまみれた混沌の中宙を漂っている。ほんのさっきまで、その「意識」はただの柔らかな塊にすぎず、何一つ動きはなかった。だが、その「意識」を求めて止まない一つの「思念」が、長い糸を伸ばし、二十五年の時をかけてついに「意識」にたどり着いた。

一第一章一 野分

二十年前のタキシイドわれは取り出でぬ
恋の晩餐に行くにもあらず　　前川佐美雄

地下鉄千代田線を根津で降り千駄木寄りの改札口から出ると、言問通りと不忍通りの交差点に出る。風がまた少し強くなってきた。台風が近づいているという。関東直撃はないが、今夜半には房総沖を通過するらしい。

藤村和彦は、言問通りを弥生坂に向かって二筋目の、角に電話ボックスのある細い道を左に曲がった。小型車一台やっと通れるかどうかの小径の左側にはフェンスがめぐらされ、その外側には高い樹木が枝を拡げて生い茂り、その間から寺の甍がのぞく。右側は大学の官舎らしき木造平屋建ての建物が並ぶ。どの家も板塀か生け垣がめぐらせてあるが、あまり手入れが行き届いているようには見えない。中に、塀の一部が朽ちて内側に倒れかかっている家があり、覗くともなしに見ると、盛りをとうに過ぎて色褪せた紫陽花の毬が折からの風に大きくあおられ、コスモスは花をつけたまま地面に倒れ伏し、庭には如雨露と子供用の三輪車が転がっていた。

「和彦さん」

うしろから駆け寄る足音がして声がした。陶芸家の大村弓哉である。これから和彦が行こうとしている「根津句会」の常連の一人で、和彦より二つ若い三十九歳。

「弥生坂の角の喫茶店にいたんですが、通りを行く姿が見えたもんで、あわてて追ってきたんですよ」

「風が出てきましたね。台風が近づいて……」

和彦の言葉を遮って、弓哉が続ける。

「先日、横浜で私の小品の個展をやったでしょう、ほら、和彦さんにも来ていただいたあの日。和彦さんを駅まで送って行ったほんのわずかの間に、あの歌人の天羽《あもう》菜穂子さんが来ていたらしいんです」

「天《てん》の羽《はね》と書いて天羽《あもう》と読ませる人ですね。有名な歌人ですよ」

「駅から戻ってみると名前が記帳されていて、置き手紙がありました。彼女、私のプロフィールに俳句結社『海神』同人と書いてあるのに気がついたらしく、自分は『海神』のことについてとても興味があるので、ぜひ一度句会に案内して欲しい、また藤村和彦という俳人にも会いたいので紹介してほしい、と書き置きがあったんです」

「それは光栄だなぁ」

「早速返事を出して今日の根津句会の場所と時間を連絡し、そこの喫茶店で一時に待っていますからと書いておいたんですが、もう二時。残念ながらすっぽかされたみたいです」

東大教職員共済会館の三階会議室が句会場だ。和彦たちは、入り口の守衛に、

「俳句の会です」

と声をかけ、靴をスリッパに履き替えて三階まで階段を上った。会場となる会議室には、既に主宰の井上伊予人が窓を背にして席に着いていた。参加者は三十人ほど。主宰のうしろの四角の大きな硝子窓の外では木々が風に絶え間なく煽られ、枝先の葉が窓のガラスに触れて擦過音を立てていた。

幹事の女子学生に会費千円を払い、短冊五枚と清記用紙と選句用紙を受け取り席に着いた。短冊五枚には各一句ずつを書く。和彦はあらかじめ句を用意していたが、一句を今、会場に来る小径で思いついた句に替えることにした。大村弓哉への挨拶のつもりである。

うしろから呼ぶ声しきり野分中

各人がそれぞれに句を書いた五枚ずつの短冊を出し終えると、幹事はそれをかき混ぜてもう一度各人に五枚ずつ配り、それを各々が清記用紙に書き写す。筆跡によって作者がわかることのないようにするためである。清記が終わると左から右へと反時計回りに回覧し、各々がこれと思った句を五句ほど選句する。もちろん自分の句は選べない。「根津句会」は私語のほとんどない静かで上品な句会である。清記用紙を手送りする音と鉛筆を走

らせる音、時折の咳払いの音よりも、窓の外の風騒の方がはるかに大きい。

隣に座った弓哉が、和彦の耳に口を寄せてささやいた。

「あの手紙の文字の感じからするとなかなかの美形に違いありません。年の頃は我々より少し若い、そう、三十代の半ばくらいかな」

「文字でわかるんですか。でも、そんな人が、我々に興味を持ちますかねぇ」

と和彦。照れながらも嬉しい。

「弓哉さんたち、何のお話ですか」

主宰の、やわらかい声音ながらも厳しい注意の声が届いた。俳誌『海神』の主宰・井上伊予人は東大名誉教授で、この「根津句会」の指導者でもある。温厚だが俳句に対する態度は真摯であり、句会の作法にも厳しい。

清記用紙の回覧が終わり、選句が終わると、主宰以外の参加者の選んだ互選句の発表となる。読み上げる披講役は東大の女子学生が務める。弓哉はきちんと、和彦の挨拶句を採ってくれていた。和彦も、陶芸家の弓哉の作と思われる、
　曜変へけふより秋の日射しかな
という句を一句選んだが、はたしてその通り彼の句だった。

句会の最後は主宰の選句発表およびその選評である。『海神』は創刊以来半世紀を越す伝統派結社だが、二代目主宰・井上伊予人の選句の基準は、素材でも詠みぶりでも何でも

良いから新しい試みを評価する。また、添削をしてスタイルの統一をはかるようなことはせず、各人の個性を認めて伸ばそうとするため、『海神』の連衆の句はいずれも個性的であり、当然、統一された『海神』臭といったものもない。

「……六時近くになりました。今日は台風が近づいてきていることでもあり、みなさんお気をつけてお帰り下さい。このあと、二次会、三次会へ回って飲みながら句会を、と考えている方もおられるかも知れませんが、まあ、電車が止まって帰れなくなることのないよう、ほどほどに。では、来月また、元気にお会いしましょう」

主宰の毎度おなじみの結語で句会が終わった。

「お疲れ様」とあちこちで声が上がり、帰り支度が始まった。部屋の後片付けは学生たちに任せ、弓哉と和彦、それに四、五人の中年や初老の男どもはひとかたまりになって、さっさと部屋を出ていった。だいたいこのあとのコースはお定まりだ。根津交差点近くの居酒屋で一杯やりながらの句会である。むしろそちらが主なる楽しみで、昼間の句会はお付き合いと言ってはばからない連中も多数いるくらいだ。

連れだって階段を降り、一階で靴を履きかけたとき、守衛が、

「藤村さんという人はいますか」

と声をかけてきた。

「藤村は私ですが」

「守衛室の前にこの手紙が置いてありまして。句会が終わって出て来られたら渡してくれとメモが付いていていました」

と、封筒を渡して寄越した。

表書きは「藤村和彦様」となっているが、裏に差出人名はなかった。礼を言って受け取り、上着のポケットに入れようとしたが、

「すぐに読んでもらって下さいってメモに書いてありますよ」

と守衛が付け加えた。

一緒に階段を降りてきた連中はもうすでに靴を履き替えて玄関の外に出ており、和彦は受付の前でそれを一人で開いてみた。上品な水色の封筒で、中に入っている一筆箋には、次のように認めてあった。

藤村和彦様
お会いしてお話したいことがあります。
不忍池のそばのホテルイズミの最上階のレストランでお待ちしています。
大村様には申し訳ありませんが、お一人でおいで下さい。

天羽菜穂子

天羽菜穂子は短歌の世界でここ十年ばかりの間に名前の知られてきた人で、どろどろした情念を詠むと評判の女流である。和彦も一応その名前だけは知っているが、会ったことはないし、顔すら知らない。待っていると言われて嬉しくないわけではないが、「大村弓哉に内緒で」というのが妙にひっかかった。ただ、「話がある」という事務的な文面に無視できない何かを感じた和彦は、居酒屋句会へと谷中方面に行く弓哉たちに、

「ごめん。急用ができちゃって」

と別れ、彼らとは逆方向の大学構内へ入って行った。大学の中を抜けた方が、不忍の池方面に向かうには近道となる。

風がまた一段と強くなり、空のかなり低いところをちぎれたうす黒い雲が飛んだ。小枝ごと風に引きちぎられた木の葉が音を立てて地を滑り、和彦の足元に纏わりついた。

風に逆らいながら歩き、およそ十分でホテルイズミに着いた。フロントの前を通り、

「いらっしゃいませ」

と挨拶するホテルマンに軽く頭を下げて、トイレに入った。大きな鏡の前で髪を手櫛で直し、メガネを拭いた。鏡の中には四十一歳の、やや細身の中年男の顔があった。

まだ午後六時前と早いせいか、最上階のレストランには、客は男女のペアが一組の他は、黒い洋服を着て、こちらに背を向けて座っている一人の女性客があるだけだった。和

彦は、たぶんその女が天羽菜穂子であろうと見当をつけ、歩み寄った。そしてその女の斜め後ろに立って声を掛けようとした寸前、その女が立ち上がり後ろを振り返った。

「お待ちしていました」

という女の声と、「あっ」という和彦の声――心の中の叫び声であり、実際に声となって発したわけではなかった――がほとんど同時だった。

和彦は、全身の血の気が一瞬にして引いたような衝撃を受けた。初対面のはずの歌人「天羽菜穂子」だと思って近付き声を掛けようとしたその女は、かつての恋人・若村鮎子だった。十五年という歳月を挟んでいるとはいえ、深くなじんだその顔を見間違えるはずもなかった。

「どうして君が……」

「私が、天羽菜穂子です」

「まさか……」

「私が、あなたにお手紙を差し上げた天羽菜穂子なんですよ」

女の口元には余裕めいた微笑みが浮かんでいた。

「さ、どうぞ。こんな嵐の中をわざわざどうも」

和彦は、女の勧めにもかかわらず突っ立ったままで、事態が全く予想していなかった展開になったことに大いに混乱した。

「少し早いですけれど」

女はウェイターを呼び、食事を出し始めるよう言いつけた。

「ワインは持ち込みを許してもらいました。メーリンガーゴールドクップです」

と言いながら、サイドテーブルの上で既に冷やされているボトルに目をやり、すぐに視線を和彦に戻した。

「お料理は軽いものばかりですが、オーダーは済ませてありますから」

和彦はまだ、鮎子とこうして向き合っていることが心の中で十分に整理できていなかった。しかし、何か言わなければとあせって、

「お久しぶりですね」

と声を出しながら椅子に腰を下ろした。

「いいえ。初めまして、とご挨拶させていただきます」

「え?」

「ですから、あなたと私は初対面なんです。あなたはたぶん私のことを、昔あなたと関わりのあった女性だと勘違いして驚いておられるのかも知れませんが、私は先ほどお手紙をさしあげた天羽菜穂子なのですから」

「からかわないでくれ。たしかにあれから十五年は経っているけれど、僕が君を見間違えるわけがない」

最初の料理とワイングラスが運ばれてきた。ワインは持ち込みなのでテースティングは断り、そのままグラスに注がれた。

「乾杯しましょう」

「何に?」

「俳人と歌人の出会いに」


風が窓の外を、音を立てて過ぎるようになった。

そしていよいよ雨が降り始めた。雨は降りはじめたかと思うとすぐに、激しく横殴りに窓を打つようになった。窓の下には不忍の池と上野公園の森が暗く横たわり、その向こうには上野の町のネオンの夜景が拡がるが、窓を打ちガラスを伝って流れる雨のために、まるで水中にあるかのように幻想的に歪んで見えた。

「俳句、面白い?」

料理の一片をフォークで掬いながら、ゆったりとした調子で鮎子が聞いてきた。

和彦は鮎子がこうして自分を呼び出したことに、彼女が自分のことをまだ忘れていなかったのだというある種の満足めいたものを感じる一方、何かやっかいな事情があるのではないかとの不安も覚えたが、とりあえずは俳句の話を切り出され、少し落ち着きを取り戻した。

「面白いよ。時間がたつのを忘れてしまう。でも最初の頃は、言いたいことがたくさんありすぎて、十七文字の中に無理に詰め込もうとするものだから、ごちゃごちゃになったりしてね。しかし最近は、言葉をそぎ落して十七文字の宇宙を作る、そんな喜びが少しずつわかるようになった」

教科書的な答えだ。

「あるいは、こうも言える。永続する時の流れを一瞬で切り取り、写真のように、静止画のように、永遠を刹那に閉じ込める、と言ったところだな」

俳句の入門書には必ずこう書いてあるし、ちょっと気の利いた俳句結社の主宰なら、月一回の句会の前日にしか句を作らない会員の前で、さも真理を語るがごとく年中口にしている言葉だ。

「あれから十五年か」

鮎子は答えず、ワイングラスを目の高さにあげて灯に揺らした。

「どうしてこのホテルに呼び出したんだ?」

「俳句ってほんとうに面白い?」

と鮎子は、聞こえなかった風に、また聞いてきた。上目使いの目にほんのり色気がさした。

彼女自身が本当に俳句に興味があるかどうかは別にして、さきほど程度では和彦自身が言い足りなかったと思っていたので、質問は中断し、その問いに答えた。

「僕にとって、俳句はお茶会と同じ。あるいはコントラクトブリッジ。場をともにする事そのものに意味があるんだ。結果として残った句は、言ってみれば反故みたいなもの」

これは明らかに芭蕉の「文台引き下ろせば即反故也」を言い直したに過ぎないが、さっきのよりはましな回答だ。更に続ける。

「もっと言えば、暇つぶしだよ。人生が長すぎる。だから最も非生産的なこと、世の中の役に立つことからは一番遠いことをして、退嬰的に時間を浪費しているってことさ」

次のディッシュを運んできたウェイターが、お互いに空になったグラスにワインを注ぎ足した。

「短歌はもう作ってないの?」

「そういえば昔、短歌を作っていたこともあったね。君との手紙のやりとりにも、お互いに短歌を添えて。でも今は、少なくとも俳句を初めてこの十五年ほどは、全くといっていいぐらい短歌は作ってないし、現代短歌もほとんど読まない」

いくぶん余裕をとりもどし、微笑みを浮かべながら、甘く滑らかな懐かしいワインを口にした。

「アユのこの十五年を教えてくれないか」

と、和彦の口調は、昔、鮎子と話していたのと同じようになってきた。ワインの酔いのせいかもしれない。

鮎子は急に居住まいを正し、きっと睨み付けるような目つきになった。

「アユなんて呼ばないで。さっきも申し上げた通り、私は歌人の天羽菜穂子よ。あなたの思っている若村鮎子とは別人なの。私があなたに、私の過去を語る義務はないし、そのつもりもないわ」

こうして短歌や俳句の話だと会話も成立するが、和彦が昔話をしようとすると自分は鮎子ではないと言い張るか聞こえないふりで無視し、けっしてその話題に乗ってこようとはしない。

三番目のディッシュは舌鮃の料理だった。舌鮃はあのころの和彦の好みの料理だったし、ドイツワインのメーリンガーゴールドクップも銀座のワインケラー「さわ」でよく一緒に飲んだ。十五年という歳月を挟んで、昔たしかに一度は愛し合った男女があの頃と同じように食事をし、同じワインを飲む——ところが女は、自分の方から誘っておきながらも別人だと言い張り、呼び出した理由すら語ろうとしない。

「もういいだろう。そろそろ呼び出した本当の訳を言ってくれよ。鮎、子さん」

と和彦は、「鮎」と「子」の間に少し間をおいて呼びかけた。

「何度も申し上げているように、私は、あなたが思っている若村鮎子ではありません。でも一応、関係者ではあります。代理人とでも思って頂きましょうか」

「代理人？」

「そう、代理人。あるいは、代弁者。そう、その方がいいわ」

「何を代弁するというんだ？」

「もちろん、あなたへの恨み言」

それまでの比較的余裕のある表情が一転して険しい目つきになった。

「他に何があって？」

私はあなたを許してなんかいないのよと瞳の底に恨みの氷塊が光り、あわよくばとの下心も生まれ始めていた和彦に冷や水を浴びせた。

「どうして今頃になって呼び出したりしたんだ？」

「この十年、あなたが俳句をしているということを知ってから、あなたのことはずっと注目していたの。あなたが参加している俳句の同人誌『海神』も変名で定期購読しているし、あなたの処女句集も手に入れて、あなたのことをずっと見ていたわ。もう関係ない人だとは思いつつもね。でも、急に許せない気持ちになった」

と鮎子はワインを一口飲み、また続ける。

「あなたが『海神』に連載を始めたエッセイも読んでいるわ。同人誌だし、どうせ少数の目にしか触れないだろうと気楽に書いているのでしょうけど、許せないのはそのこと。あなたが、鮎子とのことを甘く遠い思い出のように書いていることよ。鮎子とあなたの日々は、けっしてあんなにきれい事ではなかったはずよ。特に鮎子にとってはね」

「どういうこと?」

「鮎子はね、フリーズしたままなの。十五年前、あなたを待っていると決めたあの町で。彼女にとってはまだ思い出じゃないわ。あの日、あの時から時間が止まったまま」

狂人のわれが見にける十年まへの
真赤きさくら真黒きさくら
(岡本かのこ)

「この歌の十年を十五年と読み替えてもらえばいいわ。十五年間、鮎子はずっと同じ夢を見続けているのよ」

「からかうのはよせ。君は今、ぼくの目の前にいて、ぼくなんかと違ってずっと売れっ子の歌人で、すっかり大人の女になっているじゃないか」

「何度も言わせないで。わたしが言っているのは天羽菜穂子のことじゃありません。あなたに待ちぼうけを食わされたままになっている若村鮎子のことよ。もしあなたが、エッセイに書いているように昔の恋人のことが気になるのなら、あんな遠眼差しのような文章なんか書いてないで、鮎子を置いてきぼりにしたあの町まで十五年の時間を遡って迎えに行くべきじゃないの」

ワインはいつのまにか飲み干してしまっていた。和彦は、空になったワイングラスを持ち上げてテーブルの蝋燭の灯りに透かせながら鮎子——いや菜穂子というべきか——を見た。美しい目をしていると改めて思った。大きな、こぼれそうな目だ。この目が性愛の度に切なげに潤んだことが、つい昨日のことのように思い出された。

同じ種類の二本目のワインが空いた頃には、窓の外はいつのまにか穏やかになっていた。風は少し残っているが、二十六階のレストランの窓についさっきまで激しく吹き付けた雨は早くもおさまっていた。台風はどうやらほんの少し関東地方に尾の鞭を当てただけで、去っていったようだ。

「そろそろお帰りになった方がよろしいでしょうね。あまり遅くなると奥様に申し訳ないわ」

「君は?」

「私はこのホテルに部屋が取ってあります。締め切りの迫った短歌や原稿書きの仕事を、今夜ここで済ませるつもりです」

このホテルは、かつて鮎子と何度も交わりを重ねた思い出のホテルである。なるほどそういうことかと、和彦は彼女の意図を一人合点した。

レストランの支払いは、彼女が化粧直しに席を立ったすきに、和彦がカードで済ませておき、エレベーターの中で「開」のボタンを押したまま待った。鮎子が今夜の十五年ぶりの再会のために用意した部屋は何階だろうか、高層階のほうがいいなと思った。


春のホテル夜間飛行に唇《くち》離る　(西東三鬼)

の句が浮かんだ。「夜間飛行」は有名なゲランの香水の名前であり、窓の外を音もなく滑る飛行機の灯りでもある。鮎子の今夜の香水は何だろうか。

鮎子がエレベーターに乗ってきた。エレベーターの中はむろん、二人きり。甘くまつわる香水の匂いがした。化粧室で付け直してきたばかりだろう。あの頃の鮎子の使う香水は幼い香りのものばかりだったが、今日は大人の女性にふさわしい香りがした。

「部屋は何階？」

彼女はそれには答えず、自分で「L」のボタンを押した。和彦は彼女を抱き寄せキスをしようと一歩近づいた。彼女はあきらかに拒絶の意志を込めて身体の向きを変え、

「天羽菜穂子はあなたのキスなんか必要としてないわ。鮎子とは違うの」

期待を見事にはぐらかされ内心たじたじとなった和彦は、つとめて平静を装いつつ訊いた。

「何という香水？」

「ニナリッチのレールデュタン。時の流れとでも訳すのかしら」

ホテル正面の回転ドアを、和彦が先に彼女が後にと、別々に外に出た。次の連絡は、同人誌『海神』に載っている和彦のアドレスに、自分の方から電子メールを送ると彼女が言った。

風はまだ少し残っていたが、雨はすっかり上がり、雲間には星も望めた。

「次は、アユに会えるかな」

和彦は独り言のように言ってみた。

彼女はそれには答えず、和彦が舗道へ一歩踏み出す前に、ホテルの中へさっさと踵を返した。

一人取り残された形になった和彦は、十五年前、最後に別れた夜のことを思い出していた。

日曜日だったその日、昼下がりからチェックインし、かつてない濃密な時を過ごした二人は、夜遅くにこのホテルイズミを出て不忍の池の側を抜け、上野公園の中を横切った。人通りはほとんどなかった。ときおり、動物園の鳥や獣が上げる鳴き声が聞こえてきた。夜の闇を怖れてか、それとも淋しさに耐えかねてか、胸がつぶれんばかりの絞り上げるような声だった。

「いつ東京を発つんだ?」

「まだはっきりとは決めてないわ。でも二、三日うちよ」

「アユは仕事を辞め、東京を離れるというし、もう二人を結びつけておく糸が切れたということか」

「何を言ってるの。こんなにもつれたのはみんな和ちゃんのせいなのよ。勝手に邪推や嫉妬や、面倒くさがって、何一つ先に進めようとしないで、私を困らせてばかり。だから、もつれた糸は、解くよりもいったん切って、また結び直したほうがいいってことに、二人で話して決めたんじゃないの」

「僕らは結婚には向いてないんだな」

「そんなことない。あの糸は絡まりすぎたの。いろいろなしがらみをみんな断ち切って、もう一度一からやり直しましょうってことに決めたんでしょ」

「アユは、本気でそう信じているのか。本当はもう、これで終わった気になってるんじゃないのか。障害の無くなったとたんに、恋はもう恋じゃなくなったと、そう思ってるんだろう」

「何の障害が無くなったって言うの？　和ちゃんに学生時代からの婚約者がいて、そしてそれがようやく別れることができたってこと？　そしたら鮎子の恋も冷めたって疑ってるの？　そんなことない。障害ならまだいっぱいあるじゃないの。よく回りを見回して見てよ。誰一人、私たちのことを祝福なんてしてくれてないのよ。でも鮎子はそれでもいい。誰からも祝福されなくたって、和ちゃんさえよければ、明日からだって一緒に暮らすわ。でも、そんなの和ちゃんは嫌なんでしょ。もっと回りの理解が得られてから、きちんと結婚しようって、ね、そうよね。そういうことよね」

「ああ。だけどアユは、本当はこのまま終りにしたいと思ってるんじゃないのか」

「和ちゃん。本当に悪い癖だわ。もういいかげんにしてよ。何でも悪い方へ悪い方へと解釈して、自分から物事を壊してしまうのよ。覚えているでしょ。この公園の占い師に二人の相性を見てもらったこと。和ちゃんにはトラブルメーカーの相があり、そして鮎子にはそれを押さえる相がないって言われたこと。ショックだったわ。でも頑張ろうと思った。今でもそう思っているわ」

「………」

「私、待っているわ。青森県の蟹田というところで、叔父の家の手伝いをすることに決めたの。津軽の田舎町。そこに国谷という内科医院があるの。いつまでも待っているから。糸を結び直しに来て。もう一度、出会いからやり直しましょう。ね」

「そうだね」

「蟹田の叔父は、昔、人を悲しませる恋をしたことのある人だと、母から聞いたことがあるわ。だからきっと、私たちのこともわかってくれると思う。きっとよ、きっと来てよね。私、待ってるから」

鮎子は後ろを何度も振り返りながら、上野駅の人混みの中に消えていった。

和彦は、不思議な気分にとらわれていた。鮎子を見送る自分の背中を、そのずっと背後から見ている自分がいる。つまり、脳髄の最も後ろの部分に観客としての自分がいて、前頭葉の更に前に、演じている和彦がいるような、そんな気分だった。

もつれた糸は切り、出会いから一から結びなおそうというのは、和彦が不実にも思いついた口実に過ぎない。彼さえその気になれば、二人で駆け落ち同然にして暮らすことはさほど困難なことではないし、事実、鮎子はそれを望んでいたのである。

和彦は、蟹田には行かなかった。

鮎子からも、その後の連絡はなかった。今日のこの十五年目の、野分の夜までは……。

一第二章一 霧

霧と絹あひ似たり身を包むとき　　正木ゆう子

　ホテルイズミで、和彦が鮎子――菜穂子というべきか――に再会して以来一ケ月以上が過ぎ暦は十一月になったが、その間、菜穂子からの連絡は一度もなかった。

　自分の方から連絡するつもりはないものの、天羽菜穂子の住所だけでも知りたいと、和彦は新宿にある詩歌文学館に出かけて行った。『短歌年鑑』を閲覧しその住所録をチェックするためだが、天羽菜穂子の住所欄は彼女の所属する短歌結社『天雷』の編集部気付となっているだけで、実際の住所や電話番号はおろか、本名や年齢すら書かれていなかった。少したためらいはあったが、彼女の住所を教えてもらうため、その住所録に書かれている『天雷』の編集部に電話を入れてみた。しかし返ってきたのは、

「天羽菜穂子への連絡はすべて編集部が承る」

　というにべもない言葉だけだった。おそらく、弓哉が彼女宛に「根津句会」の案内を出したと言っていたのも、編集部気付にしたのだろう。和彦は、私生活と歌人としての自分とは別でありたいという彼女の強い意志に、改めて触れた気がした。

　詩歌文学館の閲覧コーナーには新刊雑誌の書架がある。和彦はたまたま目に付いた『短

歌』十一月号を手にとってめくった。すると、「人気女流作家十人十首競作」という特集があり、はたして天羽菜穂子はその中の一人として作品を発表していた。

俳人は短歌のことを、下の句十四文字は余分で情に流れすぎると思っている。和彦もかつては独学で短歌を作っていたこともあったが、ここ十五年ほどは俳句にどっぷり浸り、しかもその間、現代短歌はほとんど読んだことがなかったため、天羽菜穂子の「秋の蛇《くちはな》」と題する十首も、すんなりとは頭に入らなかった。しかし、何度か読み返すうちに、

一筆《ひとふで》で書きたる妻といふ文字の
とぐろ渦なす蒼き 蛇《くちなは》

妻といふ固き縛め解け果てて
不思議にながき秋の 蛇《くちなは》

の二首が何故か気になる歌として心に留まった。

もしかしたら菜穂子は、いや鮎子は、最近離婚したのではないだろうか。それで精神的に不安定になり、昔の恋人だった和彦に会いたくなって大村弓哉の個展に出かけて消息を尋ね、九月下旬の根津句会に置き手紙をしたという風には考えられないだろうか。和彦には急にあの野分の夜の鮎子が精一杯の虚勢を張っていたように思え、鮎子の秘密を一つあ

ばいてしまったかのようで、より一層彼女のことが気になり始めた。

「今週末に軽井沢まで乗せて行って下さる?」

「いきなりそんな」

と言いつつも和彦は、週末の予定は土曜日に「根津句会」があるだけだったので、大村弓哉にファックスで句を送って欠席投句を依頼することとし、妻の涼香の申し出に同意した。

「一美はおばあちゃんにお願いしましたから。おばあちゃん子だし、私たちと一緒に行くよりもその方が喜ぶのよ」

一美は小学五年生になる一人娘である。おばあちゃんに預けると言っても、同じ敷地内にある妻の涼香の実家にいくだけのことである。和彦と涼香夫婦の家は、結婚してすぐに涼香の両親の敷地内に涼香の父親の資金で建てたもので、名義は涼香になっている。

和彦は、ある業界が作る社団法人の協会にプロパー社員として勤めてもう二十年近くになる。協会の役員には業界各社の社長クラスが非常勤の会長や理事として並ぶが、実質的には役所キャリアの天下りが専務理事として日常業務を見ており、部長クラスは同じ役所のベテランOBと業界各社からの出向者が占める。仕事は表向き、業界事情調査と業界PR誌の発行と年次総会の開催くらいのものだが、実態は政治とのパイプを使って行政へ陳情する圧力団体であり、役所ＯＢにポストを与えているのは、いわば人質のようなものである。

大学で一応、文学部に籍を置きつつも、新左翼系活動家の端くれにいた和彦には、まともな就職先などあろうはずもなかった。当然、就職活動するのも気恥ずかしく、無気力に過ごしていたところ、Ｋの自殺に絡んでいく度かやり取りをした教育学部の教授のＳが、

「君もまたＫ君のようになるといけないからね」

と、Ｓの親しい先輩が当時たまたま会長をしていた協会に押し込んでくれた。自分から望んで得た職でもなく、仕事上で期待されることもなかったため、のんびり過ごすつもりだった。

妻の涼香とはその協会のパーティーで知り合った。パーティーの事務方として業者との窓口係が和彦で、人材派遣会社からコンパニオンの一人として派遣されてきたのが涼香だった。当時彼女はまだ大学生だったが、それをきっかけに、色々相談を持ちかけてくるようになった。そして大学卒業の一年後、和彦と結婚した。その後十二年、十一才になる一人娘を私立の小学校に通わせ、涼香自身は、学生時代からやっていたフラワーアレンジメントの教室を父親の援助で開き、かなりな数の生徒を抱えている。なぜ和彦と結婚したかと言えば、たいがいの男なら自分に興味を持ち近寄ってくるはずなのに、和彦が彼女に興味を示さなかったことがかえって気になり、付きまとっているうちにそうなったらし

い。

金曜日の夕刻、涼香が車を運転して日比谷通りに面した和彦の勤める協会のあるビルの前までやって来た。車はアウディのステーションワゴン。涼香が父親に買って貰ったものだ。そこで待っていた和彦と運転を交代した。

「軽井沢に何の用?」

「別荘兼ギャラリーを軽井沢に持っている人がいて、来年の五月の連休から夏場一杯まで、そこのデコレーションをフラワーアレンジメントでやってみないかと言ってくれているの。その打ち合わせ。私の教室の生徒さんにご紹介を受けた方なの」

「来年の夏のことを今から?」

「ええ。だって断るんだったら早い方が失礼にならなくていいでしょ。あ、それと、今夜は私の知り合いのご主人が経営している会社の別荘に泊めてもらうことになってるの。あなたも一緒よ。旧軽の方にあるの」

これまでに彼女は何度かその別荘を使わせてもらっているらしいが、和彦を誘ったのは初めてだった。

「明日の夜の食事はそのギャラリーの人に誘われているんですが、あなたもご一緒なさいます?」

「男かい?」

「はい」

「よしとくよ。その人の下心に水を差しちゃあ悪いからね」

「じゃあ申し訳ないけど独りで済ませて下さい。夜九時までにはちゃんと別荘に帰りますから」

「やれやれ、まったくの運転手だね」

「そう、その通り。でも……」

助手席から運転席の和彦に身体を寄せてきて、涼香が耳元で囁いた。

「惚れた弱みよね」

涼香は和彦を疑うことを知らない。


翌日は朝から霧が深く立ちこめ、風に流されていた。

午後三時過ぎ、和彦は涼香を、離山にある彼女の商談相手の別荘兼ギャラリーまで車で送って行った。今日その別荘では、相手の男と涼香の二人だけになるのだという。

「その先、サナトリウムへ行く道の看板がある先を、そっちには曲がらずにもう少し進んだあたりらしいわ。前まで行って下さい」

涼香としては、夫にここまで送ってもらい、夜はまた夫と合流するのを相手に見せておくことで、相手の下心に一定の枷をはめる心づもりだろう。しかし逆な見方をすれば、妻の送迎しか能のない亭主を抱えてけなげに頑張っているキャリアウーマンという図も、商談相手の男に何かしらの期待を抱かせてしまう演出ともいえる。学歴以外に誇るものがない亭主という役割ではあるが、居心地はけっして悪くない。

およそ一時間後、和彦は万平ホテルの裏手に広がる「幸福の谷《ハッピーバレー》」と呼ばれる別荘地帯を歩いていた。夏場は別荘の住人や観光客でそれなりの人出があるその界隈も、十一月ともなるとひっそりと静まり、行き交う人はほとんどない。それぞれの別荘の周囲の疎林には様々な木々があるが、樅の木を残して、一位、楓や栃などの広葉樹はことごとく葉を落として辺り一面に散り敷き、霧が、裸となった木々の幹を包み込むようにして流れていった。

和彦は鮎子に再会して以来、彼女が歌人としてのペンネームに「菜穂子」を選んだことの意味を考えていた。そして思い立ったのが堀辰雄の小説『菜穂子』だった。……古い世代の女性とは違う現代的な生き方をしようとしつつ、結局は同じロマネスクな気持ちに苦しめられる女性・菜穂子。現実的な選択として、無難な相手と思って選んだはずの夫との辛い結婚生活……。もしかすると鮎子は、不幸な結婚に縛られた自分を小説の『菜穂子』に重ね、そしてその物語の中で、自分を探し出し訪ねてきてくれる幼なじみを和彦になぞらえて、再会のシーンを思い描き続けていたのではなかろうか。十五年ぶりに突然に会いに来たこと、「秋の蛇《くちなは》」と題する十首の短歌、そして「菜穂子」というペンネームの意味。単なる妄想の上でのこじつけではなく、それぞれ深くつながっていることを、和彦は強く感じざるを得なかった。

「幸福の谷《ハッピーバレー》」には石畳の登り道がある。その石畳の上にも落ち葉は積もり、登って行けば行くほどその落ち葉の嵩は高くなって、ついには敷石も見えないほどとなる。谷の一番奥まで登るつもりで歩いていた和彦は、その突き当りに黒っぽい人影を見た。霧が相変わらず深いため確かではないが、喪服を着た女性のように思えた。その影も和彦を認めたのか、和彦が近づいてくるのをじっと待っている様子だ。和彦は、もし鮎子だったらどんな会話になるだろうかと思いめぐらせながら落ち葉の嵩を踏んで近づいていった。だがそれは人ではなく、別荘の前の門柱に黒いポリ袋が被せてあるだけだった。

谷の一番奥、石畳の途切れたところからは急な登りとなり、木製の階段が取り付けてある。その、ある種の壁は、もの思いを断ち切るのに十分な高さだった。和彦は下から見上げただけでそこから先へは登らず、しばらくその階段下にたたずんだ。思念の糸を手繰るうちに道なき山に行き迷う、その一歩手前で踏みとどまることのできた高野聖のように我に返った。

山路断つきりぎしを蔦紅葉かな

階段を崖に見立ててやや誇張した一句だが、句帳に記した。そして、ゆっくりと踵を返し、ホテルの方へと下り始めた。霧が裸木の梢を渡る音がした。落ち葉の積む石畳は霧に濡れて滑りやすいため、視線を常に足元に置き、一歩一歩膝の弾力を確かめつつ、そろそろと進んだ。

そんな中、ふと足を止め視線をあげると、石畳の道の一番下にまた黒っぽい洋服を着た人影らしいものが見えた。登ってくるわけでなく、左右の道に分け入るわけでもなく、じっと待っている様子だった。人のように見えなくもないが、やはりこれもまた、門柱だろう。冬が足早に近づいているこの時期、ほとんどの別荘は閉ざされ、冬支度がされている。木製の門柱は濡れると腐りやすいので、冬の間は覆いをかぶせて保護する。和彦は再び、足元に視線を落とし、一歩一歩、坂道を降りて行った。

ほんの十歩足らずの距離まで近づいたとき、黒い影と和彦の間の霧が急に風に払われた。思わず和彦の足が止まった。だがそれは、人ではなく、もちろん鮎子でも菜穂子でもなく、黒いポリ袋のかぶさった門柱だった。

石畳の幸福の谷を出ると、やや広いアスファルトの歩道となる。道は平坦だ。しばらく行くと、賑わいのある商店街の方へつながる道と、万平ホテルへつながる道との三叉路に出る。和彦は、どっちの道に行くか迷い、しばし立ち止まった。今日は夜まで一人なので時間はたっぷりあり、相当持て余すだろう。人通りはかなり少なくなっているが、多少はぬくもりの感じられる商店街を歩いてみようと決め、右手の道に一歩を踏み出した時、すぐ後ろから声がかかった。

「死のかげの谷へようこそ」

振り向くと、そこに立っていたのは鮎子だった。背後に深い霧を背負い、喪服とまがう黒い洋服を身にまとっていた。彼女の言う「死のかげの谷」とは、堀辰雄が名付けたこの谷の異称である。

「ここは幸福の谷《ハッピーバレー》のはずだけど」

和彦は一瞬、驚いたけれども、九月にホテルイズミで再会したときほどのことはなかった。冷静に、あらかじめ計画されていたことのように受け止めることが出来た。

「驚いてくれないの?」

「多少は。でも君こそ驚いているようには見えない」

「あなたは昔から、感動の薄い人だから、驚かすのはとても難しいわ。でも、種明かしましょうか」

横に並び、鮎子が言葉を続けた。

「昨日また、大村弓哉さんから「根津句会」のご案内をいただいたの。でもその案内の添え書きに、藤村和彦さんはご家族で軽井沢へ出かけていて欠席だと書いてあったわ。それで急に思い立って今朝の電車で来たってわけ。もしかしてあなたが「菜穂子」という名前にこだわってくれてれば、あるいはこの「死のかげの谷」に来るんじゃないかって、ほんの少しだけ、期待してたけどね」

「なるほど」

「こんなに簡単に会えるとは思いもしなかったわ。それに、もし会えたとしても、ご家族と一緒のところを、側を黙って通り抜けるくらいかしらと思っていたのに。でも、どうして一人なの。奥様やお子さまは?」

和彦は手短に一人で散策していた理由を述べた。子供は連れてこなかったこと、妻は仕事の打ち合わせに行っていることなど。そして夜九時までは自分一人の時間だということも付け加えた。

「ところで今日は鮎子さんですか、それとも菜穂子さんですか」

「もちろん菜穂子よ。鮎子にはまだ会わせられないわ」

二人は商店街へ行く道をたどり、途中から右へ折れて、ショー記念礼拝堂に立ち寄った後、矢ケ崎川添いの別荘地を歩いた。道々、和彦は、彼女の思惑通り「天羽菜穂子」というペンネームから小説の『菜穂子』に思い当たり、「幸福の谷《ハッピーバレー》」を歩いてみる気になったこと、そして、雑誌に発表された「秋の蛇」十首を読んだことを菜穂子に伝え、最近離婚したのではないかと聞いてみた。

「最初の半年で、この結婚は失敗だったとわかったけれど、戸籍という枠に閉じこめられた惨めな結婚生活はその後十年続き、この夏の、暑さもピークを越した八月の末にやっと解放されたの」

と、菜穂子は意外にも素直にそのことを認めた。

離婚から既に二カ月以上経った今は完全にふっきれたのだろう。九月のときと比べて妙に明るいのはそのせいに違いなかった。

思い切って夕食に誘うと、菜穂子は意外なほど簡単に了解した。二人は並んで坂を下り、車の置いてある万平ホテルに着いた。玄関前に菜穂子を待たせると、和彦は駐車場から車を出しロータリーを回って菜穂子の前に着けた。菜穂子はいったん助手席のドアを開けて乗ろうとしたが、ややためらったのち乗らずにドアを閉め、改めて後ろのドアを開けて後部シートに乗った。

「私のは、奥様とは違う香水なの。私が助手席に乗れば、あとで奥様は気がつくと思うから」

妻の涼香は今夜、軽井沢のどこかで、ギャラリーのオーナーと一緒に夕食をとるはずである。万が一鉢合わせでもしたら説明に窮するので、和彦は、信濃追分まで遠出しようと思った。そのために菜穂子には、立原道造のいくつかの詩の舞台になった信濃追分に興味があるかのように誘った。

着替えのための三十分の時間が欲しいと言う菜穂子のために、和彦は車を菜穂子の今夜の宿泊先である晴山のホテルに着け、彼女が部屋から着替えて戻ってくるまでの間をロビーで待っていた。

しばらくしてエレベーターで降りてきた菜穂子は明るい華やかな花柄のワンピースに着替え、薄地のピンクのコートを手に持っていた。先ほどまでの喪服と見まがう黒い洋服の時とはまるで別人のように見えた。

和彦が車を玄関先に回すと、彼女は助手席に乗ってきた。怪訝そうな顔をする和彦に、

「奥様の香水は、ジャン・パトウのジョイ。さっき助手席のドアを開けたときにすぐ気付いたの。私も持っている香水だから、今急いでシャワーを浴びて香水をそれに変え、洋服もみんな代えたの。助手席に座る方が自然でしょ」

信濃追分での食事は、古い蔵を改造した鉄板焼きレストラン。菜穂子が着替えをしている間にホテルのコンシェルジェにいくつか紹介を受けた店の内の一つだ。半円形のよく磨かれた鉄板に十人分ほどの席を二、三人ずつの客の数に合わせて小さな移動式の衝立で仕切り、臨席の客とは視線が絡まないですむように工夫されている。二人は今夜の最初の客で、一番端の席に案内された。

「この前、現代短歌はほとんど読んだことがないと言ったけれど訂正するよ。うちに帰って書棚を見てみると、水原紫苑の『びあんか』や李正子の『ナグネタリョン』なんかが

あった」

われらかつて魚なりし頃かたらひし
藻の蔭《かげ》に似るゆふぐれ来たる　（水原紫苑）

忘れたる言葉のように降る木の葉
約束はいつの日にも破られ　（李正子）

菜穂子は、すかさず彼女らの作品のいくつかを口に乗せてみせた。

「君は？　歌集は？」

「あるわ。でも、今は手元には一冊も残ってないの」

躊躇する感じの一瞬の沈黙があってのち、言葉を続けた。

「十年前、結婚して石橋鮎子になってすぐ、それまで書き溜めていた短歌を発表したの。その前の年にある雑誌の賞を五十首競作で受賞していたから、それを中心にまとめた歌集だったわ」

「若村鮎子が結婚して石橋鮎子になり、そしていつからか歌人・天羽菜穂子を名乗るようになったというわけか」

「少し違うわ」

間違いははっきり訂正しておきますとでもいうようなきりりとした口調で、

「若村鮎子は津軽の蟹田に今も留まったまま。辛い結婚生活に縛られて悲しい目にあっていたのは石橋鮎子。そして、その二人の鮎子のそれぞれの不幸を養分にして短歌の世界に生きているのが天羽菜穂子なの。でも、石橋鮎子はもういない。今はもうグリーンクラブの会員だもの」

離婚届の用紙の罫線は緑色をしており、離婚経験者のことをその色をもじってグリーンクラブ会員と呼ぶことは和彦も知っていた。バツイチなどと呼ぶよりもその方がとても上品だ。

「どんな結婚生活だった?」

「もう終わったことだわ」

「それなら尚のこと話しても問題ないわけだ」

「勝手な理屈ね」

「自分の短歌で表現してみるっていうのはどう?」

「『秋の蛇《くちなは》』の十首を読んだんでしょ。あれがそう。あれで十分」

「結果じゃなくて、どうしてそうなったのかが気になるね」

「本当に気になるの? あなた、他人のことを少しでも気にするような人だったかしらね。でもまあ、教えてあげる。発端は結婚前から準備していた歌集を、結婚後半年たった頃に出版したことに始まったの。鮎子にしてみれば、とっくに終わった恋のつもりで編んだ歌集だったのに、夫の側からすると、妻にどんな過去があったのだろうかと疑い始めるきっかけになったわ。いったん疑念が心に芽生えれば、過去だけでなく現在も未来も全てが疑わしくなるものなのね。何度も話し合ったけれど、ますますこじれるだけ。和ちゃんと鮎子との最後の頃とまるで同じだわ。自宅に残してあった歌集の在庫はみんな燃やされてしまった。石橋鮎子の十年って、いったい何だったのかしらね」

「たとえばどんな歌?」

もつれあひからまりあひておちてゆく
蛇のやうなるあそびをせんか

「蛇がよく登場するんだね」

「あなたが鮎子に教えたことなのよ。何かの経典の中から「愛縛」という言葉を引っぱり出してきて、(欲望のままに生きていいんだ、愛はその身を蛇身と化して相手を縛り付けてもいいんだ)ってね。(手足をからみつかせ、身を蛇のごとくに柔らかく撓わせてがんじがらめに自分の身も心も縛って欲しい)って、あなたはそう言ったのよ」

空海が中国から持ち帰った密教経典の一つ『理趣経』はあらゆる欲望を肯定し、特に男女の交合の最中に得られる快楽は仏の位そのものと説く。その中に「愛縛」という言葉もあり、和彦はたしかに鮎子と共にした性愛の中でその話をした記憶があった。

「愛縛か」

「そう。欲望は肯定されるべきものだと鮎子に教えたのは、あなたよ」

「しかも、初めて会ったその日に、あなたは私に、その言葉を口にしたのよ。東大文学部の社会人向け公開講座で隣にたまたま座って、サナトリウム文学の愛と死についてみたいな講義だったのに、あなたは私に、性愛を全面肯定する『理趣経』の話をし、「愛縛」という言葉を教えたの。私、びっくりして、がぜん興味を持ったわ。今思えばあれは、あなたの巧妙な作戦だったのね」

「まさか。でも、何ゆえに短歌なんだ?」

「私の心の中に潜む澱《おり》のようなもの、それを心が切なくなるまで絞り込むとちょうど三十一文字になるの。小説では長すぎるし、俳句では短かすぎるわ」


菜穂子をホテルまで送り、和彦が別荘に帰ってきたのは九時少し前だった。すぐに熱いシャワーを浴びた。身体の触れあいはなかったが、菜穂子が全身にまとわりついているような気がした。

シャワーの後少しリビングで過ごし、部屋に戻ったのは十時半を少し回ったところだが、涼香はまだ帰ってない。和彦は部屋に置いてあった『立原道造詩集』を取り出し読み始めたが、十一時を過ぎた辺りから少し心配になってきた。涼香は華やかに見えても性的にはいたって淡泊なので、浮気をしているなどという心配ではなく、何か事故にでも遭ったのではないかということが気になり始めたのだ。

その時、部屋のインターホンが鳴った。涼香からだった。

「遅くなってごめんなさい。今帰ってきたところです。あなた、すみませんが下まで降りてきて下さいませんか。武川さんが、今日お会いしたギャラリーを経営されている方ですが、あなたにご挨拶をしておきたいとおっしゃっているの。お願いします」

和彦は階下に降りて行った。正直、挨拶などしてくれなくてもいいのだが、しかたがない。階段の途中まで降りたところで、玄関先に立っている二人が見え、武川という男と目が合った。一目見ただけで、好きになれないタイプの人種と直感した。

「いやあ、今日は遅くまで奥様を引っ張り回して申し訳ありません。一言お詫びを申し上げようと思いまして」

男は和彦へねめるような視線を向けた。酒をやや過ごしているようだ。

「こちらこそ、こんなくつろいだ格好で失礼します。涼香が仕事でお世話になっているそうで、有り難う御座います」

和彦は丁寧な言葉で、何らの感情も表すこともなく、頭を下げた。

涼香は「この二人は合わない」と直感的に察知し、武川をすぐに外へ連れ出し、待たせてあったタクシーに乗せた。

見送って戻ってきた涼香が、

「お年はちょうど五十才。離婚して五年になるそうです」

「寝取れるかどうか、亭主の値踏みに来たってわけか」

「品のない邪推ね。でも、嫉妬してくれてるのなら嬉しいわ」

一第三章一 陰風

ひろはらの塵《ちり》をあげくる寒き風
玻璃戸《はりど》に吹きて心いらだたし　　斎藤茂吉

井上伊予人の主宰する『海神』は同人三百人、会員一千二百人、合わせて一千五百人を擁する、俳壇でも屈指の大結社である。全国に二十近い支部を持ち、傘下の句会は月に百回以上が全国各地で行われる。また、月一回発行される結社誌『海神』は二百ページ強の分量を誇り、俳句だけでなく、俳句評論、エッセイ、小説なども掲載され、ある種、総合文芸誌の風格を持つ。

その『海神』で最も重く扱われているのが同人総会・句会である。地方支部が幹事を持ち回りで引き受け、年一回、どこかの地方都市で開催される。『海神』の予算・決算、事業報告・計画などを審議するとともに、会員を入れず、同人のみによる句会が行われるため、伊予人主宰は無論のこと、全国各地はおろか海外在住の同人も駆けつける一大イベントとなる。そして次に主要な場が、芝の機械振興会館で月一回開かれる本部例会だ。毎回百五十人前後が参加し、伊予人主宰が直接指導する熱気に満ちた句会である。更にもう一つ、鍛錬会と称する吟行会が年に四回行われ、伊予人主宰の下、都内の諸所で吟行、すなわち、小旅行をしながら俳句を作り、その後に句会を行う。

この、同人総会・句会、本部例会、鍛錬会の三つが『海神』の枢要な行事であり、和彦は『海神』入会以来、一度も欠かさず参加していた。

だが、八月に菜穂子と、いや、鮎子と十五年ぶりに再会し、そしてその後に、軽井沢で二度目の邂逅をはたして以後、和彦は全く『海神』の行事に参加しなくなった。一応、句会や吟行を口実に家は出るものの、その実、菜穂子と会うことに、あるいは、彼女の消息や短歌を調べることなどに時間を費やしていたのである。

軽井沢の後、正月を挟んで二月までの間に、和彦は菜穂子と三度会った。

十二月十九日の浅草羽子板市の二の酉の夜。今年の『海神』の鍛錬会もまた二の酉で行われることから、和彦はその鍛錬会に一緒に行こうと菜穂子を誘ったのだが、菜穂子が和彦と二人だけで行きたいと言い張るため、結局、和彦は鍛錬会への参加を取りやめ、菜穂子と二人だけで出かけた。『海神』の鍛錬会の連中に出くわす可能性があったものの、何とか上手く、時間やルートを違えて、二人だけの吟行を楽しむことができた。スリルがあった。

羽子板は見ずうつくしき人とゐて

年も改まった一月二十五日、亀戸天満宮の初天神。冬麗と呼ぶにふさわしい空の美しく澄み渡った日で、すでに梅もほころんでいた。『海神』の仲間数人と吟行するのが毎年の習わしだが、これもまた、菜穂子の希望により、二人だけで出かけた。初天神では毎年「鷽替《うそかえ》」の神事が行われる。参詣者は各々、木で作った鷽を買い、「替えましょ、替えましょ」と相手かまわず他人の鷽と交換する。凶事はウソに入れ替わって吉事となるという。『海神』の連衆を途中で遠くに見かけたが、先方は気が付いていない様子だった。

鷽買って鷽を替へずに帰りけり

釈迦入滅の日に当たる二月十五日、芝増上寺の涅槃会。前日に降った雪がまだ消え残っていたが、四温日のあたたかな日和だった。仏弟子や鳥獣が釈尊の入滅を嘆き悲しむ様が描かれた涅槃図を前に、二人並んで僧侶の絵解きを聞いた。芝の増上寺は、妻の涼香の実家の菩提寺である。そこに菜穂子と行ったことについては、後ろめたさよりも大きい、背徳の快感があった。

涅槃図の揺るるは象の泣けるなり

逢うことだけを目的に誘うのは、なんとなく言い出しにくいので、こうした季節の行事を口実に、和彦の方から菜穂子を誘った。三度とも二人だけで会い、和彦の俳句仲間にも菜穂子の短歌仲間にも、二人が一緒のところを見られることはなかった。

　二月の下旬のことのほか寒い日。雪催いの空は暗く、吹く風は陰鬱として街路の裸木を慰みものにしていた。今度は、和彦が菜穂子に誘われ、彼女の所属する短歌結社『天雷』東京支部の例会に顔を出すべく、代々木の例会場へと急いでいた。これまで一度も、お互いの知人に紹介し合ったことがなかったので、そういう意味でのちょっとした緊張感を和彦は感じていた。もし菜穂子が先に来ていなければ、何と言って他の人に挨拶しようかと少しナーバスな心持ちで会場に着くと、五、六人が部屋の前にたむろしていたが、はたしてその中に菜穂子の顔はなかった。

　幹事らしき年配の女性が待ち受けていた。

「藤村さん？　ですよね。よくいらっしゃいました。お待ちしておりました。天羽菜穂子さんからご連絡を頂いておりました」

　そして更に、

「天羽さんからは、きょう急用で参加できなくなったけれども、藤村さんには歌会の最後までいてお楽しみ下さいとのお手紙をいただいております」

　と付け加えたのだ。

　和彦はがっかりするとともに、驚いた。菜穂子の方から誘っておきながら本人が来られないと言うのである。しかも幹事に手紙で連絡する時間的余裕があるのなら、自分に連絡することは可能であるし、電子メールを入れて置くことだって簡単ではないか。何かそうせざるを得ない事情があったのだろうか。和彦は、菜穂子のやり方に不満と同時にすこし奇異な感じを抱いた。

ともあれ、せっかくこの寒い中をやって来たのだし、予定通り参加することにし、受付に千円払って末席であろうと思われる入り口に一番近い席についた。参加者は三十人ほど。ロの字に並べられたテーブルの正面上座には、『天雷』主宰の高橋梨園がすでに着座していた。

俳句では「句会」、短歌では「歌会」というが、進行の仕方はずいぶんと違う。この『天雷』の歌会は、当月号の同人誌を各人が持ち寄り、発表してある自分の短歌を読み上げて、それに対して他の参加者の鑑賞なり批評なりを求める形で進行して行く。もし、進んで評してくれる者がない場合には、進行係が適当に指名し、その指名された人が何らかの評を述べることになる。二、三人の評が終わると、作者本人の解説あるいは弁明がなされ、最後に主宰がとりまとめの評を加えて、次の短歌に移って行く。

俳句の場合にも合評形式の句会はあるが、普段の『海神』の句会では主宰以外が評を述べることはまずないので、参加者はある意味のんびりしている。自分の句が主宰あるいは有力同人に選ばれるかどうかが最大の関心事であって、他人の句を自分がどう鑑賞・解釈するかは、多くの句会参加者にとって二の次となる。その点、歌会の参加者の方がストレスは高いということになろう。よく勉強しておかないと、いきなり評を求められ恥をかくことにもなりかねないからだ。

合評は一人当たり五分から十分、三十人全員で三時間近くかかった。いよいよ高橋主宰の歌を残すだけになったとき、進行役が、

「今日は異例なのですが」

と前置きして、

「実は、同人の天羽菜穂子さんからご丁寧なお手紙を頂いております。（東京例会に初出席するのを楽しみにしていたところ、急な要件で行けなくなったけれども、ぜひ、歌の評だけはお願いしたい）という趣旨のお手紙です。欠席の方の短歌の評はしないのが通例ですし、私たち東京例会の者は誰も面識はないのですが、天羽菜穂子さんと言えば我が『天雷』のアイドルですし、いま人気絶頂の若手女流歌人ですから、高橋主宰、いかがいたしましょうか？」

「いいでしょう。私もきょうは、菜穂子さんに初めて会えるというので楽しみにしていたのに来られないのは残念ですが、合評だけはやらせていただきましょう。それに、菜穂子さんのご友人で俳人の藤村和彦さんも見えておられることですし」

和彦はまたもや驚かされた。主宰の高橋梨園が自分の結社の売れっ子歌人である菜穂子に会ったことがないと言うのである。しかも、主宰だけでなく東京例会のメンバーの誰も

が菜穂子と面識がないのだ。これまでいかに菜穂子が――この場合、鮎子と言うべきか――自分の正体を秘密にしてきたかが改めて和彦を驚かせた。

「それでは藤村さん、菜穂子さんの代理として歌を読み上げていただけますか。お手紙にも、藤村さんにそうお願いするように書いてありますので。えーと、三ページ上段、八首のうちの第一首目だそうですから」

和彦はあわてて菜穂子から送られてきていた同人誌をめくった。菜穂子は主要同人らしく巻頭に近い位置を占め、しかも八首も発表していた。和彦は進行役に促されてその短歌を読み上げた。

み教えに愛縛のこと知りてより
長き手足は汝《な》がためにあり

「(藤村さんは仏典にお詳しい方なので、理趣経の愛縛についてお話をしてもらって下さい)と、お手紙にもありますので、藤村さん、続けてお願いできますか」

「ほう」

参加者から声が洩れた。

「やられた」と和彦は思った。今日の歌会に自分を誘ったのは、こういう仕掛けを用意していたのかと。しかしそれならなおのこと、本人が来るべきではなかったかと和彦は思いつつも、

「理趣経というのはそもそも……」

と理趣経の欲望肯定のことを手短にしゃべるのだった。

「なるほど。するとこれは、かなり際どい歌と解釈していいわけですね」

進行役のYの言葉が口切りとなって何人かが手を挙げ、めいめいに感想を述べた。Yの紹介した菜穂子の手紙の中の自歌自解がまたふるっていた。

「(女の手は伸び縮み自在の蜘蛛の糸。たとえ男がいったん逃げおおせたと思っても、女の手がどこまでも伸び、やがて指先の粘りが男を捉えて絡みつき、たぐり寄せられる運命《さだめ》。男は女から逃げられない。男は女なしでは生きられない。これが菜穂子の「愛縛」の解釈です)……と」

何人かから拍手が起こり、笑いが起こった。しかし和彦には、単純には笑えない解釈であるように思えた。

歌会が終わり帰ろうとする和彦に、Yが声をかけてきた。

「お疲れ様でした。でも藤村さんは天羽菜穂子さんとお知り合いなんでしょう。羨ましいわ。私たち、菜穂子さんの短歌は毎月楽しみにしているのに、まだ誰も面識がないんです。今度ぜひ、ご一緒にご参加下さいまし」

と言いながら、

「これを藤村さんにと同封されていました」

と、水色の封筒を渡して寄越した。和彦はすぐに開封した。中の一筆箋には、
もうすぐ鮎子に会っていただけると思います。　菜穂子
とだけ、記されていた。

会場を出た和彦の頬を異常に冷たい風が打った。昨日までの二、三日は春を感じさせる暖かさだっただけに、寒の冴え返りがことのほか身に沁みた。

冴えかへる手枷足枷恋の枷　（石原八束）

手枷は妻の涼香で、足枷は娘の一美か。すると恋の枷は菜穂子か鮎子か、それとも……。

和彦はコートの襟を立てて首をその中に深く沈めたまま代々木駅まで戻り、角の電話ボックスに入った。電話の相手は、坂口颯子である。

「なんでこんな女にしたん？」

また始まったかと、和彦は颯子の愛撫を受けながら思った。会えば必ず一度は聞かされるセリフだ。

「僕がしたわけじゃない。君が勝手になっただけだ」

颯子との営みは、いつも彼女が主導する。ベッドに仰臥した裸の和彦の足の先から、颯子は丹念に愛撫しつつ徐々にずり上がってくる。上がるに従って二人の身体の密着する部

分が増え、下になった和彦は、颯子の重みを徐々に感じ始めた。学生の頃、背が高く痩せぎすだった颯子は、四十一才の今、たっぷりと贅肉を纏い、まるでルノアールの女だ。ゆっくりと時間をかけて這い上がってきた颯子の身体の各部位が、和彦のそれとほぼ同じ位置で重なり合い、唇が唇を捉えた。颯子のよく動く舌が、和彦の歯茎を舐め、先を尖らせて口腔に入り込む。

「重い」

「失礼な」

颯子は和彦の上から降りると、自分から背中を向け後ろから迎え入れる姿勢をとった。

「きょうは、中で終っても大丈夫だから」

和彦は身体を起こした。まだほとんど颯子の身体に対して高ぶらせるような行為をしていないにも拘わらず、すでに颯子のその部分は和彦を受け入れるに充分すぎるほど潤っていた。何かの本に「太った女はいつも濡れている」と書いてあったが、あれは本当だなと和彦は思う。その上、颯子は見かけに寄らず奉仕的行為が好きで、そうした振る舞いをする自分自身を頭に思い浮かべて欲情するタイプの女だった。

獣のような形に繋がりながら、和彦は颯子の身体を眺めた。肉が脇腹に何段もだぶつき、指で握ればそれぞれがちょっとした本の厚さほどもある。背中も肩も厚い脂肪に覆われて、その肩から背中、腰にかけて汗がべっとり浮いていた。学生時代の、がりがりに痩せていた面影は、今の彼女の肉体には微塵も残っていなかった。

和彦はふと、自分が蟷螂のオスになって交尾をしているような錯覚に陥った。巨大なメスの背中にちょこんと負ぶさるようにして交わる貧相なオス。斧でメスの腰にしがみつき半身を小刻みに震わせる度に、メスは大きな声を上げた。アルコールでも入っていなければ興ざめとなるほどの咆哮に近い大声だ。オスは、その大声に気が萎えてしまわないうちにと激しく律動を繰り返し、たやすく吐情した。


坂口颯子は和彦の大学時代の元恋人であり、学生運動の元同士である。あの頃、背が高く細身の颯子が翻すカーキ色のゲバラコートはとても格好良く、アジ演説も巧みだった。颯子の颯は颯爽の颯であり、彼女にあこがれる学生も多数いた。だがみんな、「さつこ」とは呼ばず「ふうこ」と呼んでいた。

大学卒業後、院へ進学した颯子を京都に残して東京で就職した和彦だが、鮎子のことをきっかけにして別れた。

その後の二人は、全くの没交渉だったが、十年前、颯子が都内の大学の講師に職を得て上京後、転居通知を和彦の職場宛に出し、再び会うようになった。この十年で、颯子は助教授へと昇進していた。女性の社会進出における役割を、原始社会の名残を留めているアマゾン奥地やニューギニア等の部族社会に入り込んでその根元的な発生過程から探り当てていくというフィールドワークに重点を置いたユニークな手法が評価され、颯子はその分野では注目される存在となっている。

　かつて一方的に捨てられた颯子が自分の方から和彦に再会する気になったのは、結婚が決まり、研究に対する社会的評価も高まり、ある意味で見返してやれるとの自信が持てたからだ。ところが颯子のその結婚は、相手の男の一方的事情により成立するに至らず、精神的に不安定になった颯子は和彦を自分のマンションに呼び出して抱かれ、ベッドを共にする間柄が復活した。しかし、同じ男との性愛でありながら、以前は結婚を約束した恋人として世間に憚ることのない関係だったものが、今は妻子ある男の不倫の相手だった。

　シャワーを浴びた和彦が部屋に戻ると、颯子はバスローブをまとってソファーに腰を下ろし、ワインを飲んでいた。少しこぼしたのだろう、白いバスローブの胸元から腰にかけて赤い染みが縦に並んで付いていた。和彦は腰にバスタオルを巻いたままで颯子に近づき軽くキスをすると、テーブルを挟んで反対側に腰を下ろした。照明を落とした薄暗い部屋には、キース・ジャレットの『ケルン・コンサート』が流れていた。

「懐かしいなあ」

「この曲が？　それとも棄てた女が懐かしい？　ええ女だったやろ？」

「思い出さないようにしている」

「嫌な奴。でも、もうちゃんと話してくれてもええんやないの。どうしてうちと別れたかったんか本当のわけを。どんなひどいことを言われたかて、今さらもうどうしようもないんやし」

「もう忘れた。そんなこと、今さらどうでも良いことだろう」

「どうでも良くはあらへんわ。失礼やないの。（別な女が出来た。その女には自分が必要なんだ）って、あんたが言うたんはたったそんだけ。何度聞き返しても、そんな芝居がかったセリフを言い続けるだけや。女を馬鹿にしてると思わへんかったんか？」

和彦は、颯子と別れようと決めて以来、颯子にはその理由を「別の女が出来た。その女には自分が必要なのだ」としか言わなかった。颯子にどう責められても、それしか言わなかった。颯子が知りたいのは、どうして自分ではいけないのか、自分のことをもう嫌いになったのか、それとも初めから単なる遊びだったのかということなのだが、とうとう和彦はそれを最後まで口にしなかった。そしてそれは、十年前に再会し、再び身体の関係になってからも、颯子にとってはやはり疑問のまま残っていた。

「それより、また肥ったな。あの頃は、まるで出山の釈迦みたいにガリガリに痩せて、骨と皮の（シャリスキン・颯子）なんてロシア人みたいな変なあだ名もあったほどなのにな。もう、あの頃の楓子は完全に肉に埋もれ、せっかくの美貌も、顔の真ん中にほとんど埋没状態や。社会人類学者はやめて、考古学者になって、昔の自分を発掘したらどうや」

「余計なお世話や。そもそも、あんたが私にあんな酷いことせえへんかったら、こんな女にはなってへんかったんや」

「それはどうかな」

「男はみんな自分をあがめるものやと思うてた女が、捨てられた、裏切られたってことが、どんなにみじめかあんたにわかる？　励まされるのもみじめ、慰められるのはもっとみじめ。長い間、人の目を見て話すことも出来へんかったんや。別れとか裏切りとか不実とか破棄とか棄てたとか棄てられたとか、そんな言葉を聞く度にびくびくしてた。うちが未開の国のフィールドワークにのめり込んだんかて、元はと言えば、そんな言葉が氾濫してる日本にいてるのが嫌やったからや。こんな気持ち、あんたに解るか？　解りっこないやね。サイテーの男やしな、あんたは」

口汚く罵りながらも颯子の顔は笑っていた。しかし目の奥には冷たい氷のような光があった。足を組み替えたときバスローブが広がり、太ももがあらわになったが、なめらかな真っ白い内股は厚く密着し過ぎて、その奥をのぞかせるすき間もなかった。颯子はぴたぴたと内股を掌で叩いていたが、やがてバスローブを掻き合わせて隠すと、グラスに自分でワインを注ぎ足した。

「今や君はユニークな社会学者として世間の注目を浴び、りっぱな活躍ぶりじゃないか。いいかげん許してくれたっていいだろう。もう忘れろよ」

「言うとくけどな、加害者が被害者に忘れろなんて言う資格なんてない。日本がその尊厳を踏みにじった北朝鮮や韓国との関係を見てご覧よ。日本の朝鮮半島の植民地支配が真の意味で歴史的事柄になるまでは、要するに、経済的にも精神的にも、彼らが日本と同等、あるいはそれ以上になったと自己納得するまでは、日本は何度でも謝り続けないかんのや。それと一緒、あんたはうちの現在の状況に多大なる責任があり、いつまでも謝り続けないかん義務があり、うちにはいつでもあんたを呼び出して詰り、罵倒する権利があるんや」

「青臭い論理は昔のままだな」

「あんたはいつも、誰に対しても加害者。しかも何の反省もなく、すぐに忘れてしまう。小器用にその場その場を巧みに泳いでるつもりやろうけど、そんな刹那主義、いつかバチ当たるで」

「だからいつもこうして、のこのこ出かけてきては、罵られ続けているじゃないか」

「そのかわり、私の身体を与えてあげてるわ」

「欲しいといったわけではない」

「うるさいわ、馬鹿野郎」

「結婚しないのか?」

「嫌味な質問やな。それより今はむしろ子供が欲しいわ。結婚は幾つになっても出来るけど、早く生まな、もう四十一や。早くせんと私の卵子は経年劣化が激しくて使いものにならんよになるから、とりあえず未婚の母でもしょうがない。でも和彦の子種はいらへんで。あんたみたいな不実で、何考えているかわからない、遠くにばっかり視線を向けている男の遺伝子をこの世に残しちゃ罪や」

「そろそろ帰るとするか」

颯子の罵倒をまったく聞いていなかった和彦は、立ち上がり颯子に歩み寄ってキスをした。ソファーに投げ出してある衣類を、下着から順に着けていく。

「愛する涼香さんの元へお帰りってわけね。雑誌で拝見したことがあるわ。キャリアウーマンの特集みたいな記事で。とってもきれいな人やね。でもさ。あんたの好みやないんと違うの？　あの女、ほら、鮎子っていったあの女とは、涼香さんは全然違うタイプやろ。涼香さんて、どちらか言うたら私と同じじゃ。あんたの言葉を借りれば（一人で生きられるタイプ）ってこと。林芙美子がたしかこんなこと書いてた。（自分がいなければこの女は一人では生きていけないのではないかと男に思わせることができたら女の勝ちだ）ってね。私はきっとそれで負けたんやろ？　でもそんなんならなんで、そのあとすぐその鮎子とかいう女とも別れたんや。あんたそのうちに涼香さんとも別れるかもしれへんね。（涼香は一人で生きられる。新しい女には僕がいてやらないとだめなんだ）とか何とか言うて」

颯子は酔うと関西訛が一段とひどくなる。

「ところで、まだ俳句やってんの？　あんな爺むさいことよくやれんね。桑原武夫が「第二芸術論」を書いて俳句をこき下ろしてからもう半世紀以上も経ってんのに、正面から論破した反論は俳句の側からは出てへんのやろ？」

着替えをおえた和彦が反論を始めた。

「俳句ってそんなに馬鹿にしたものでもないよ」

「そう？　ほんならあれが人の心の奥底までえぐる詩やとでも言うの。ただの日用雑記やないのさ」

颯子は相当酔ってきたようだ。口汚い言葉も次第にろれつが怪しくなってきた。

「日用雑記の何処が悪い？　老後の生き甲斐を俳句に見い出している人がたくさんいるということだけでも、立派に社会の役に立つ代物だということじゃないか。俳句の裾野はそれだけ広いというだけの話であって、俳句が詩であることの本質を貶めるものではない。俳句の頂点を目指そうとする句の中には、世界で一番短い詩として充分に歴史的評価にも耐え、世界的にも通用するものがある」

「世間での俳句の認知度はあんたが考えている以上に低いんやで。老後の生きがいは、それはそれで崇高やが、それより何より、うちがあんたに言いたいんは、社会を支えていかなあかん四十代の働き盛りの男がうつつを抜かすほどの代物かってことや」

「パチンコ狂いよりはましだろう」

「あんた、パチンコの経済効果って知らへんのか？　一年に二兆円やで二兆円。どこかの政府系の銀行が産業連関表使って計算したとかで発表してたけどな。片や俳句、いったいどれほどの経済効果あると思うのや。句会、吟行、句集、結社誌やら、それらに伴う一連の飲み食いなんか全部入れたって、せいぜい百億円くらいのもんやろ。泣けるわ」

「サラリーマン社会での栄達は所詮、会社組織という狭い世界だけに限定しての話だし、代わりの人間はいくらでもいて、組織を離れた人間なんてすぐに忘れられてしまう。ところが一方、自分の作った俳句がたとえ一句でも歳時記に載れば、百年後、二百年後の俳人が目を止めてくれるかもしれないという可能性を信じて、人生を幸せに閉じられるってことさ」

「負け組の逃げ口上ね。逃げ足の速いあんたに似合いのセリフや」

「言葉には魂がある。いわゆる言霊だ。その言霊を呼び覚まし、刹那を永遠に十七文字の世界の中に閉じ込める。それは崇高な使命だ」

「そこまで言うんやったらもうええわ。せっかく遺言のつもりで目を覚まさせて上げよう思てたのに」

「遺言？」

「そや、遺言。もう日本は見切り時。アメリカのある大学から誘いがあったんや。迷てたけど決心した。日本には革命が必要やけど当分起きそうにもあらへんし。政治も経済も芸能も学問の世界やかて、こんだけ二世、三世が蔓延るようになると、社会の活力は無いも同然や。啄木やないけど「時代閉塞の状況」の真っただ中や。俳句の世界はもうとっくにそやろ。福永武彦の『廃市』みたいに、日本はもう滅んだ国、あるいは滅びを待つだけの国ってわけや」

「ヘッセの「ラヴェンナ」は大好きな詩だ」

「ああ言えばこう言う。馬鹿やな、ほんまに」

「アメリカへはいつ?」

「それは内緒や。ところで、あんた、娘さんいてるやろ? なんて名前?」

「そんなこと聞いてどうする?」

「特に理由はない」

「一と美で、かずみ」

「そか。和彦の子で一美か。覚えやすいやん」

背中を押しながら玄関まで、颯子は和彦を送り出した。

颯子は泣いていた。泣きながら酔っぱらって和彦に最後の毒舌を浴びせていた。生活の拠点をアメリカに移し、もう和彦とは生涯会わないというのは、どうやら本気らしい。

「和彦はほんまに悪い奴や。いったい私のどこが人生のパートナーとしてふさわしくなかったと言うんや。いつまででも憎み続けたる」

玄関の狭い靴脱ぎで二人はキスを交わした。颯子は舌を深く差し入れてきた。涙と汗が唇まで流れ、しょっぱい味がした。

通路に出た和彦が別れの言葉を探していると、部屋の中から颯子が、ドアを開けたままで突然、吹っ切れたような笑顔を見せた。

「私、向こうで子供を産むんや。もうすぐ排卵日やから、きょうは一番妊娠確率の高い日なんやで。結果を楽しみにしといてな」

颯子はすぐにドアを閉めロックを降ろした。その音を、ドアの外に取り残された形になった和彦は、母親に家の外に閉め出され、途方に暮れる少年のように聞いた。

隅田川の河口近く立つ颯子のマンション辺りの風は異様に激しい。横から上から下から殴りかかるように吹き荒れ、その冷たさは頬が剃刀で切り裂かれる寸前に似る。妖怪鎌鼬とはまさしくこの風のことだろう。

和彦は、颯子の部屋のある二十五階辺りを見上げてみたが、どの部屋かはわからない。その時ふと、さっき颯子の部屋に流れていた『ケルン・コンサート』のメロディが耳に蘇った。

「結果を楽しみに」

か、と和彦は颯子の言葉を反芻してみた。

「あんたの遺伝子なんか残したら罪やと言ってたくせに」

か、と嗤ってみた。すると突然、尖った風が顔を斜めに過り、頬が醜く歪んだ。

鎌鼬傷は心の奥にこそ

排卵日の直前とはいえ、そんなに簡単に子供が出来るわけがない。颯子も和彦も共に四十を越えている。卵子の経年劣化が激しいのなら、精子の遊泳能力だって衰えは著しいだろう。それよりもこれで颯子と終わりだということが、少なからずショックだった。しかし一方で、妻の涼香に知られることのないうちに颯子との二度目の付き合いが終わりになってよかったという気もした。

「それじゃ一美ちゃん、おばあちゃんは帰るから、後かたづけはよろしくね。ちょっとおじいちゃんの具合が悪いもんだから」

涼香の母親の文子は夕食の支度を終えると、和彦にも聞こえるように一美に声を掛けて帰っていった。涼香が仕事で家を留守にするときは文子が来て食事の用意などをしてくれる。そして和彦と一美と文子の三人で食事をする。元々二人の結婚には賛成ではなかった舅の源一郎は、同じ敷地にもかかわらず、けっしてこの家にはやってこない。文子が持ち帰った食事を一人で食べる。しかし今日はその源一郎が風邪で寝込んでいるため、文子は二人分の食事を持って早々と帰っていった。

一美と和彦の二人だけの夕食となった。一美はご飯をよそってくれたり、味噌汁をついでくれたりと、さすがに女の子らしく立ち振る舞う。

「パパ、クイズするよ」

「いいよ」

「私は何年生でしょう?」

「え? そりゃ簡単すぎる。五年生だろ」

「へーえ、知ってるんだ。一応は父親なんだね」

「何言ってるんだよ」

「だってさ、パパとママはいつも仲が良くって、私はいつもおばあちゃん家に置いていかれるんだもん。私に興味ないのかと思って」

「さみしいってこと?」

「別に。言ってみただけ。でもパパとママって仲良さそうに見えるのに、寝るのは別々の部屋なのよね。階も違うし。なんか面白いね」

和彦は思わず狼狽し、

「一人ずつの方がゆっくり寝られていいからさ。ところで、今年の夏休みは三人で海外旅行でも行こか?」

と少し反省の気持ちも込めて、一美の気を引いてみた。

「えー！　どこどこ？　行く行く！」

「バリ島なんてどうだい？　神様と人間がごちゃまぜに住んでる島」

「わーすてき。でも向こうで私をほったらかしにしないでよ」

一美はおばあちゃん子だから、が涼香の口癖で、それをいいことに二人がそれぞれ勝手に出かけたり、あるいは二人だけで出歩いたりしているが、なるほど一美は、本当はさみしかったのかと、和彦は自分のことは棚に上げて、涼香の母親としての目配りの足りなさを不満に思うのだった。

「ビールどうぞ」

「おいおい、大サービスだね。ママだってそんなことしてくれたことないよ」

と和彦の顔が思わずほころんだ。

「ママね、この前、ほかの男の人についであげてたよ」

「え？」

「この前さ、パパが俳句でいなかったとき、ママと一美とで武川さんというオジサンにごちそうになったの。そのとき」

和彦は初耳だった。武川というのは去年の秋、軽井沢の涼香の知人の会社の別荘で会った五十がらみの男のことだろう。今年の五月の連休から夏にかけて、その男の経営するギャラリーのフラワーデコレーションを涼香が請け負うことになっているはずである。

「どこで？」

「忘れちゃった。ママも楽しそうじゃなかったみたい。だって話し方が怖いんだもの」

「へーえ」

「それにパパの悪口を言うの」

「どんな？」

「よく覚えてないけど、ママが（そんなことありません）って何度も言ってた。なんかさ、そのオジサンがさ（あなたにはもっとふさわしい男の人がいる）みたいなことをママに言ったの。私、パパの悪口だと思って、その人を睨み付けてやったわ」

一美は男女のことについて好奇心の芽生える年齢になってきたのかもしれない。男の子の十一才はまだ子供だが、女の子で、しかも自由な校風の私立に通っているだけに、いささか閉口するぐらいませたところが一美にはあった。

和彦は不快だった。涼香の仕事柄、男性と食事をするというのは別に珍しいことではない。しかしそんなときには必ず事前に和彦に報告があった。涼香は派手に見えても和彦の手のひらの上で踊っているのだと自惚れていたのだが、実はそうではなく、涼香にも和彦に秘密にしている部分があったのだ。一つそういうことがあると、他にも隠しごとがあるに違いないと疑わしく思えてくるのはどうしようもない。

「ねえパパ、一美から聞いたことママには言わないでよ」

知らず知らずのうちに険しくなってきた和彦の顔色を見て、一美は心配になってきたらしい。母親の涼香から口止めされていたことをついしゃべってしまったからだ。

「もちろん言わないさ」


その夜遅く、和彦は二階の自分の部屋で遅くまで起きていた。机の上には今週送られてきた句集や結社誌が置いてあった。和彦は若手俳人として名前が知られており、週に一、二冊は送られてくる。その他にも手紙やハガキを寄越す人があり、まとめて返事を出すのがこの頃の和彦の深夜の過ごし方の一つである。句集や結社誌には一通り目を通して気になる表現の句などにチェックを入れ、読み終えると礼状を書く。手紙をくれた人には手紙で、ハガキの人にはハガキの返事を、ファックスの人にはファックスで出す。電子メールの人には電子メールを返す。なるべく相手と同じコミュニケーション手段を使う。こういうやり方をカメレオンコミュニケーションと呼ぶらしい。

涼香のことが気にかかる。

颯子のことで胸が切ないが、どこか安堵してもいる。

そして菜穂子に、いや、鮎子に逢いたいと思う。

それぞれの女の前で、違う男を演じわけることが出来る。これもまたカメレオンコミュニケーションに違いなかろう。真の自分はいったいどこにあるのだろうかとの疑念が頭をもたげそうになるが、そんな面倒な物思いはすぐに打ち消した。

外は風が荒れていた。雨戸を閉めようとサッシの窓を開くと、寒風がたちまちに部屋の中に暴れ込んできた。陰風と呼ぶのがふさわしい、春を全く感じさせない陰鬱で冷たい風だった。

一第四章一 雁風呂

鳥帰るいづこの空もさびしからむに　　安住　敦

三月下旬の土曜日、和彦は羽田発青森行きＪＡＳ２１３便の機中にあった。離陸直後から窓の景色は雲ばかり、仙台上空を過ぎたあたりでの機長アナウンスは、青森空港到着は予定より十分遅れの十一時五分、青森地方の天気は小雪、気温は摂氏〇度と告げていた。

和彦はこの青森行きについて、妻の涼香には、井上主宰のお供で『海神』青森支部の記念句会に出席するためと説明してあった。

それは嘘である。

鮎子に会いに行くことを涼香に知られないよう思いついた口実だった。和彦には、涼香を裏切っているという感覚は乏しかった。むしろ、鮎子とのことを涼香に悟られないことが、涼香に対する思いやりであると考えていた。涼香に知られることなく過ぎた十年間の颯子との関係がまさにそうであったように、鮎子と再び深い関係になったとしても、鮎子か涼香の二者択一ではなくて、どちらとも上手にやっていけると思っていた。

和彦の胸ポケットには天羽菜穂子からの手紙が入っている。すでに何度か読み返し、あらかた文面は覚えていた。

藤村和彦様
九月にお会いして以来、早くも半年が過ぎました。

季節は秋から冬、そして春を迎えようとしています。

ようやく鮎子にお逢いいただくときがやってきたように思います。

鮎子は今、青森県の蟹田というところにおります。凪の町です。

十五年前からずっとそこで、あなたを待っているのです。

和彦さんと鮎子の関係は、けっして十五年前に終わったのではなく、ただ長い空白があっただけのこと。

その空白を切り捨てて、つなぎ合わせることはできるはず。

蟹田は鮎子の母の古里、そして鮎子もそこで生まれました。

三月の一か月間、そこで鮎子がお待ちしています。

菜穂子

青森空港からJR青森駅まではバスで三十分ほど。そこで津軽海峡線に乗る。目指す駅は蟹田。青森駅のホームには快速「海峡号」が入っていたが、和彦はそれをやり過ごし、次の各駅停車にした。快速に乗って駅をいくつか飛ばして会いに行くのは、いかにも年齢にふさわしくないように思えたからだ。

発車まで少し時間があったので、和彦はタクシーで青森湾近くの善知鳥《うとう》神社へ出かけた。神社の名前の由来となった善知鳥は北洋に住む海鳥である。美味なことから、江戸時代には幕府へ献上されていたが、乱獲のために今の青森湾ではほとんど見かけることがない。神社の境内には安潟《やすかた》と呼ばれた広大な沼地の名残の池が残っているが、その辺りに立つと、風音に混じって、誰かが何かを呼び続けているような声が聞こえた。

青森から蟹田まで、津軽海峡線各駅停車でおよそ一時間。その間、駅の数はちょうど十。和彦の胸の内が鮎子に逢いたいという思いだけで満たされていたかというと、必ずしもそうではない。一駅ごとに鮎子に近づいているということは、とりもなおさず、一駅ごとに何か大事なものから遠ざかっているということでもある。

逢ひにゆく旅にしあれど慰まず
わが乗る汽車のやまず走るも
（竹久夢二）

蟹田の駅前には個人タクシーが一台だけ客待ちをしていた。和彦はそれに乗り込んだ。

「塩越まで」

「お客《きやく》さん、見慣れね顔だばって、この町は初めてだが？」

運転手の口調は丁寧で、旅人にわかりやすいように努めるべく、ゆっくりしていたが、津軽訛は濃厚だった。

「そうです」

「この町さ来るだば、五月が六月頃が一番《いっちばん》いよ。蟹田川では白魚が取れるす、なんていっても蟹がうめぇはんでね。三月はまだ寒ぇすし、風もつえぇ」

　タクシーは駅前の広い車寄せをゆっくりと廻った。

「ここは江戸時代から、蝦夷へ渡る街道として栄えたらしいですね」

「そんきじゃねよ。蟹田は昔、砂鉄取れだす、木材の産地でもあるす、海産物も豊富で、私《わー》らがわらすの頃には、たげ古ぇ立派な屋敷が建ぢ並ぶ、たいすた町だったんだよ。でも、昭和三十三年、ちょうど今頃の季節さ大火事がありますてね。町の中心はあらがだ焼げ野原。戦争で空襲を受げだ時もたいすた被害はねがった町だったのにねぇ。国谷という材木商さ火元で、大《でっ》たらだ屋敷だったんばって、ほらぁ、そこの警察署がら向ごうの農協のあたりまで全部《ぜぇんぶ》そのお屋敷だったのばって、みんな焼げて、ご当主夫婦ども焼げ死にましてねぇ」

「そうですか。でそのあとその家はどうなったんですか？」

「わらすが二人いだが、一人は娘《めらす》さんでもう嫁に行っていで、もう一人の息子さんは東京で医者になってあったもんで、結局、商売は畳《だだ》んで土地は銀行やら農協やらに貸すて、まぁ不在地主ってやづだよ」

「ほう」

「その息子さんが昭和五十年頃さ、東京引ぎ払ってこっちに帰ってぎで、塩越で小さな医院を始めらぃだ。塩越は町の中心がらはわんつか離れでらはんで、町の人《ふと》はなんとが駅前近ぐで開業すてくれるみでぐお願いすたんばって、(両親が焼け死んだ近くはどうも)ど言われっど、それ以上には強《つぇ》ぐは頼めねぇで」

蟹田川に架かる橋を渡って少し行くと左手に「観瀾山公園入口」の案内塔があった。青森湾の眺望がすばらしいはずだが、きょうは雪で山の形すら見えない。

「ところが、一緒さ帰ってぎだ女の人《ふと》が実は奥さんでねぐで、看護婦さんとの駆げ落ちだったんだ。時々、東京がら本当の奥さんが訪ねでぎで、私《わー》も何度がごうやってタクシさ乗せだごどもあったが、ほとんど口きかねで淋すそうにすておらぃだ。それが、七、八年くらい前のごど、やっぱり今頃の今日みだいに春の大雪降った翌朝さ、この辺では有名な「鍛治屋の一本松」ず古木の下で凍死すてらのが発見されで。前の日さ会いに来て、当でづげにそごで睡眠薬飲んで自殺すたんだ」

「可哀想に」

「可哀想ど言えば国谷先生も一緒でね。それ以来すっかど窶れで無口になって、医院も廃業すてしまわぃだんだよ。そすて半年もすね内さ、何の病気がは覚えねが、亡ぐなりますてね。酒ど睡眠薬の飲み過ぎだびょんとみんな噂したもんだ。辛ぐで眠れねがったびょんはんでねぇ」

「そうですか」

「さで、もうずぎ塩越だ。あのカーブ曲がったどごろの集落だ」

タクシーは雪道をゆっくりと進んだ。運転手は話が終わるまでは着かないようにゆっくり走らせたかのようだった。しかし、おかげで貴重な話が聞けた。運転手が話題にしている国谷医院こそが、和彦がこれから訪ねようとしている鮎子の叔父の家なのである。かつて鮎子がその叔父のことを「人を悲しませる恋をしたことのある人」と表現したが、その意味が少し解ったような気がした。

「その国谷さんの家の前に着けてくれますか」

「ありゃりゃ。お客《ぎゃく》さんは国谷さんの家《え》さ関係のある人《ふと》だったんだが。余計な話すてまって、いやぁ、こぃはだいそう失礼なごどになってまって」

「別に構いませんよ」

「いやほんに失礼すた。そうだが、そうだったんだが」

タクシーが止まった。集落全体が国道より一段高い場所にあり、しかも道幅が狭いので集落の中まではタクシーは入れないという。運転手は、五十メートルほど国道から引っ込んだ所に立っている稲荷神社の鳥居を指さした。

「あの鳥居の階段の脇すぐ右さ曲がったっきゃ元の国谷医院があります」

と釣り銭を渡して寄越した。

「ここで待っていましょうが？」

「え？　いや結構です」

「そうだが。いぃ先生ですたよ。あったごどが無ぇばねぇ。まだ帰りに車さ入り用だば電話すてけ。その角さ電話ボックスもありますはんで」

と電話番号の大きく書かれた名刺を差し出し付け加えた。

雪が舞い降りていた。和彦は雪に降られるとは思っていなかったので傘を持っていなかった。東京とはずいぶん違う春の訪れの遅さに少々驚いてもいた。水気の多い雪がすぐに肩や髪の毛を濡らした。風も少しずつ強くなってきた。タクシーは大きくUターンしてプッとクラクションを鳴らすと、今来た道をゆっくりと帰っていった。

左手に皮製の細身の旅行鞄を持ち、右手は灰鼠色のオーバーのポケットに突っ込んで、和彦は雪の坂を登った。軽自動車がぎりぎり一台通れるだけの狭い道で、積もった雪の中の轍が凍結し滑りやすくなっていた。その登り道の突き当りは更に稲荷神社へ上る参道となっており、朱の鳥居が山頂に向けて何十も並んでいる。一面の雪の中、その赤の縦列だけが唯一の命の温もりを持つもののように見えた。

タクシーの運転手に教えられたとおりに鳥居の脇を右に折れると、塩越の小集落に出た。国谷家はすぐにわかった。その集落の最初の家だった。人の背よりも頭一つ分高い石の門柱が二本、二メートルほどの間隔で立ち、片側の門柱の大理石の表札には「国谷内科医院」と彫られてあった。「内科医院」という字の部分には、一度紙を貼って隠したもののその紙が剥がれてしまったらしい跡があった。鉄製の門扉は内側に開かれていた。十メートルほど奥まったところにある玄関までの通路には丸い敷石が並べられており、雪はきれいに掻かれている。そしてたった今、また改めて竹箒で雪を掻いた跡が付いていた。

和彦は門の外に立った。

次第に出てきた風が、和彦の髪を乱した。その髪を手で撫でつけるように掻き上げながら、和彦は遠くでも見るような眼差しでその家の玄関を見た。

女がいた。

門と玄関との十メートルほどの距離を置いて二人の目はお互いの目に釘付けになった。どちらからも声を出さず、どちらからも動き出さなかった。二人の間の十メートルは、単に距離であるだけでなく、十五年間の時間の空白でもあった。その空白を埋めんとでもするかのごとくに大粒の春の雪が降り続いた。

和彦がそこに見た女性は菜穂子ではなかった。鮎子だった。菜穂子が自らを鮎子の代理人と称していた理由がはっきりとわかった。十五年間の空白は、やはりこの町に来てこういう形で再会することでしか、再スタートし得ないものだったのだ。

竹箒が鮎子の手から離れ通路の敷石の上にスローモーションのように倒れた。真っ赤な傘が肩から滑るように落ち、逆さまになって、脇に掻き寄せられている雪の上に突き刺さった。そしてそれと同時に、鮎子の身体がまるで重力から解き放たれて沸き立つ蜉蝣のように、一歩、二歩と和彦の方に向かって歩み出した。赤い鼻緒に爪皮の付いた女下駄は丸い敷石の上を進みながらも、まったく音を立てなかった。

和彦は一歩も動けなかった。ただ鮎子の近づいて来るのを見つめているしかなかった。下駄が和彦の目の前まで来て止まり、もたれかかるように身を預けた鮎子を和彦が胸で受け止めた。

「ひどい遅刻だわ」

その言葉を言い終わるか終わらないうちに鮎子の唇が和彦の唇をとらえた。雪が、二人の重ねた唇に降りかかった。他の女ではけっして味わうことの出来ない感触、そこから全てが溶け始めてしまうような蜜で出来た粘膜の感触に和彦は痺れた。

「そんなに待たせた？」

「五十六億七千万年もよ」

「君って人は」

和彦は、右手で抱え上げるように抱き寄せた。和彦の唇を受け止めようと上向きになった鮎子の顔を和彦の左手が触れた。鮎子の額は生え際まできれいに産毛が剃ってあったが、一方、鬢のあたりはわざと剃り残してあった。その微妙な手触りの違いがかつての睦みの記憶を鮮明に呼び戻した。

「志津江さん、志津江さん」

玄関に入るなり鮎子が奥に向かって声を上げた。

「はい」

と声がして、和服を着た五十代半ばの小柄な女性が出てきた。

「志津江さん、この人が和彦さん。やっと来てくださったのよ」

鮎子の声が弾んだ。

「この鞄、私たちの部屋に運んでおいて下さいね。私たちこれからすぐに浜辺に行って来ますから」

「沖まで潮が引いていますからきっとよろしいですよ。でも、風が強くなってきましたからお気をつけて」

「どうも」

と和彦はその志津江と呼ばれた女性に頭を下げた。

たぶんこの女性が、鮎子の叔父の国谷医師の愛人兼看護婦だった人に違いない。たしかに、辛い人生に翻弄されてきた人にありがちの、辛抱を越えた諦念がもたらす穏やかさをまとっていた。

それにしても、この寒い中を訪ねてきたというのに家の中へ入れないで、よりによって浜辺へ行こうというのだ。和彦は一瞬耳を疑ったが、鮎子と志津江の会話の中では、そのことは別に何の不思議もないようだった。

「さ、これに履き替えて」

鮎子はゴム長靴を和彦の前に置いた。

「荒れた海を見に?」

「さあどうかしら。今におわかりになるわ」

傘は一つ。和彦は鮎子の肩を抱いた。鮎子は和服の上に何も羽織らず、赤い爪皮のついた足駄を素足で履いていた。

「足が冷たいだろう」

「冷たい。でもいいの。それより和ちゃんこそ、家にも上げないですぐに連れ出したりしてごめんなさいね。でもこれは、ずっとずっと前から、和ちゃんが来てくれたら二人でこうしようと考えていたことなの。志津江さんも昔、叔父と二人でしていたことなのよ」

坂道を下り、国道を渡った。行き来する車は全くなかった。風が次第に強くなり、ひゅるひゅると鳴った。二人は傘を短く持ち、より強く肩と腰を抱き合いながら、道路から海岸へと石段を降りていった。

満潮時にはこの石段下まで来る潮も、今はかなりの沖まで引いていた。下駄がバランスを崩したのか、鮎子が和彦にもたれかかった。

「和ちゃん」

支えようとした和彦に鮎子はすがりつき、唇を求めた。

「やっと来てくれたのね。ほんとに長いこと待ったのよ」

「この荒れた海でかい？」

「そうよ。この海でなきゃいけないの。二人で雁供養《かりくよう》をするためにね」

思いがけない鮎子の言葉に和彦は驚いた。

「雁供養という季語をアユは知っているのか」

「叔父がこの町で、そういう暮らしをしていたの。その叔父が亡くなってからは私だけが毎年いつも一人で、可哀想な雁たちのために供養のお風呂を焚いてあげているわ。北へ帰ることの出来なくなった雁たちのためにね。でもそれだけじゃないのよ。和ちゃんが迎えに来てくれないからこの町を出ることが出来ない、鮎子自身の魂を慰めるためでもあるの」

「アユ」

和彦は鮎子を強く抱きしめた。

傘が二人の手から離れた。雪が降りしきる長い海岸線に沿って、風が一気にその真っ赤な傘を運び去っていた。

毎年秋になると北から海を渡ってやってくる雁は、小さな枝をくわえて飛ぶ。そして飛び疲れたときには、その枝を海上に浮かべて翼を休めるのである。やがてこの国に着いた雁たちは、その枝を津軽の外ヶ浜の浜辺に落としておいて、翌春になって再び北へ帰るとき、またその枝をくわえて飛び立つ。もしその枝が、春になり雁の群れが北へ去った後もまだ浜辺に残っていたならば、その枝は、この国にいる間に、人に捕らえられたり死んだりして北へ帰れなくなってしまった雁のものだということになる。津軽外ヶ浜の村人達は、そんな帰れなかった雁を憐れみ、供養の気持ちを込めてその枝で風呂を焚き、弔って入浴したのだという。

「亡くなった叔父は俳人だったの。国谷の家には雁風呂《がんぶろ》を焚くためにだけに使うお風呂が作ってあるわ」

傘を失った二人に雪が礫のように吹き付けた。

「それぞれ一本ずつ拾いましょう。鮎子は、今年帰ることが出来なかった雁たちのために。そして和ちゃんは、十五年間もこの町で待ちくたびれていた鮎子のために」

伝説は、津軽の外ヶ浜に伝わる民話として江戸時代の書物に紹介されている。だが、「雁供養」あるいは「雁風呂」という言葉は今や死語となり、伝説上の俳句の季語として、一部の俳人の間でしか使われなくなっている。しかし鮎子の叔父が、この蟹田の町で、その伝説上の季語を今に蘇らせた暮らしをしていたという。北国の荒い自然の中に生まれ育った俳人として、懸命に生きる命に向けた暖かい眼差しを持っていたということだが、同時に、この雁風呂は、世間に背いて駆け落ち同然にこの浜に住みつき、元の世界に戻れなくなってしまった自分たち二人のための慰撫でもあった。

時刻は午後五時より少し前。和彦は、大人二人が楽に入れる大きさの檜作りの浴槽に肩まで浸っていた。

凝った風呂場だ。外観は蔵のようで、渡り廊下で母屋と繋がっていた。浴室の海に面した側には、縦一メートル、横三メートル程の横長の枢《くるる》の窓があり、あとの壁面は板貼りの壁で、脱衣所との仕切りも板戸だった。天井から裸電球が吊り下げられていた。医師で俳人の国谷幸彦が、わざわざ雁供養のためだけに作らせた風呂場がこれである。

海岸から戻った二人はそのまま真っ直ぐこの風呂の焚き口に来た。既に志津江が焚き付けて勢いよく燃えている風呂のかまどの中に、海辺で拾ってきた二本の流木を、表面に付いた水気を布で拭き取ってから投げ入れた。水気をたっぷりと含んだ流木は、燃えさかる火の中に投げ込まれても、始めのうちはしみ込んでいる水分をぶくぶくと泡にして吹き出すだけだが、やがて白い煙を吐き始め、ずいぶん時間がたってからようやく火に包まれた。その間、二人は寒さに凍えた手を炙りながらじっと二本の流木の様子を見つめていた。汐に浸った木がその水分を全て吐き出し終わるまでは、火は付かない。まるでこの世に残した恨み、辛み、未練がみんな洗い流されない限り成仏できない人間の哀しい性にも似た雁供養の火だった。

雁風呂や燃え渋る木の汐の泡

雁風呂の天井から下がる裸電球にはまだ灯が点いていなかった。和彦が脱衣所の方へそのスイッチを探しに行こうか行くまいかと迷っているとき、脱衣所との仕切りの板戸の向こうに人の気配があり、パチッと音がして天井の裸電球が灯った。三十ワット程の黄色い灯で、意外の暗さだった。かえって浴室のうす暗さが増したような気さえした。

浴室の板戸が滑るように開いた。

鮎子だった。白の湯帷子《ゆかたびら》を着て、赤い綸子《りんず》の帯揚を帯がわりにしていた。

「背中を流してあげたいと思って」

和彦は浴槽の中から鮎子を見上げた。

「いいのかい?」

「いいの。そうしたいの」

和彦は鮎子に背を向けるようにして浴槽を出、木の椅子に腰を下ろした。背後で、鮎子が木桶で湯を汲み出す音がした。タオルもスポンジも使わず、鮎子は自分の両手に石鹸を泡立て、その手を、和彦の肩から背中へと、擦るというよりも泡を撫でつけるかのように滑らせていった。

「変わったお風呂でしょ。わざわざ叔父が、雁供養のためだけに建てたお風呂なの。叔父はこのお風呂を、一年のうちで三月の雁の引く時分にしか沸かさなかったの。そして志津江さんと二人でこうしてお湯を使っていたのよ。私、一緒に暮らしていて、とても羨ましく、ねたましかった。和ちゃんが迎えに来てくれたら、鮎子もこうしようって、ずっと待っていたの」

和彦の背中に時折鮎子の身体が触れ、湯帷子越しに柔らかさを感じた。

「立って」

和彦は素直に立ち上がった。鮎子は両手で、和彦の腰から腿の裏側、ふくら脛など一通り背面を洗い終わると、木桶で湯を汲んで和彦の背中にかけ、何回かそれを繰り返した。

「こちらを向いて」

和彦は鮎子の方を振り向き、正面で向き合った。和彦はタオルを腰に巻いていた。鮎子の化粧を落とした顔は、まだ湯に浸かっていないのにすっかり上気していた。鮎子の着ている湯帷子の上半身は、和彦の背中にかけた湯のはね返りを浴びて濡れ、身体にぴたりと貼りついて素肌が透けて見えた。両方の乳房は形もはっきりと、乳首の尖りも若々しかった。

「あとは自分でするよ」

「いいの。黙ってて」

両手で泡立てながら、和彦の首から胸、脇腹、腹部と撫でるように触れ、その位置に合わせてゆっくりしゃがみ込んでいった鮎子は、やがて和彦の前に正座の姿勢になった。

「鮎子の膝の上に、片足ずつ載せてください」

和彦はバランスを崩さないように鮎子の肩に両手を置き、片足を鮎子の膝に載せた。鮎子はその膝に載った足の指先や指の間まで丹念に洗った。洗い終わると、膝に載せたままで湯をかけ、石鹸を流した。足を変えて同じように洗い流した湯で鮎子の全身はすっかり濡れ、肉付きの良い太ももが透けて見えた。鮎子は両手でもう一度大きく石鹸を泡立て、和彦の腰のタオルの中に下から手を入れた。

「和ちゃん、鮎子を淫らな女だなんて思ったら間違いよ。鮎子はこうして和ちゃんの全身から、十五年間の、鮎子の知らない時間の澱《おり》をみんな洗い流したいだけなんだから」

和彦が手を伸ばし、鮎子の湯帷子の胸元を探ろうとしたとき、鮎子がその手をつかんで押し戻した。思いがけない強さだった。

「だめ。ここではいけないわ」

「大丈夫。志津江さんは来やしない」

「違うの。そうじゃないの。このお風呂は、雁の供養のためのお風呂なのよ。こんなことをしてはいけないところなの」

それは駆け引きにしては冷静過ぎる鮎子の声だった。思わず力の抜けた和彦の腕をすりぬけるようにして鮎子は身体を離した。乱れかけた湯帷子の前をきちんと合わせると、鮎子は浴槽から木桶で湯を汲み出した。

「和ちゃん、指をかして」

鮎子は、和彦の右手、左手を交互に捉えてその木桶の中へ沈め、指の一本一本を丹念に拭った。

「十五年も待ったのよ。何もかもきれいにしてから昔と同じように「愛」をして欲しいの」

「東京では鮎子さんは、どんな風にお暮らしなんでしょうかしら」

志津江が、独り言とも、和彦に聞くともどちらでもなくつぶやいた。

「僕は何も知らないんですよ」

「そうですか。鮎子さんは東京のことは一切話をされないんです。私はもちろん、亡くなられた幸彦先生もよくはご存じなかったんじゃないでしょうか。十五年前に初めてここにやってこられて、三年ほどお手伝いをされ、そのあと東京に帰られてからしばらくしてお見合いで結婚されたはずですけど、そのあとでここへ来られても、一切、結婚生活の話はされないんです。いつもあなたのことばかり。今年は来られるかしら、来られたらああしよう、こうもしてあげようって、本当にそればかり」

「どうしてです?」

「さあ、どうしてでしょうか。たぶん、東京での結婚生活がよっぽど嫌で、この町にいるときだけは昔のままの自分でいようとしておられたんじゃないでしょうか。そんな風に幸彦先生は考えておられたようです。だから私にも、何も聞くなとおっしゃって」

「彼女は毎年ここへ来ているんですか?」

「ええ。毎年三月になると来られて、いつも一ヵ月ほどいらっしゃいます。他の月にも時々。いつもお一人で」

「国谷先生がお亡くなりになってからも?」

「はい。それに今はこの家は鮎子さんのものなんです。幸彦先生が亡くなられて、この家も、蟹田の駅前の昔のお屋敷の地所も、みんな姪の鮎子さんが相続されました。私は幸彦先生とのわずかの縁のおかげで、こうしてこの家の留守番みたいにして置いていただいております」

志津江が料理を並べ終えた。出前先の魚屋からは皿に盛られて運ばれてきたが、志津江の手で、九谷の皿に並べ替えられた。国谷家に古くから伝わる皿で、蟹田の大火の際にも焼け残ったものなのだろう。

「亡くなった幸彦先生も、鮎子さんも、九谷の火の色がお好きで」

志津江がちょうど箸置きに箸を取りそろえて置いたとき、二階から下りてくる足音がして廊下側の襖が開き、鮎子が部屋に入ってきた。和服だった。

風呂から出ていったん二階に上がり、そこでたっぷり時間をかけて身なりを整えたのだ。薄いピンク地に春の花々をあしらった小紋に、蝶々を無数に散らした濃い緑地の帯を締めていた。

「よくお似合いよ、鮎子さん」

志津江は声をかけながら、襖の向こうに下がっていった。

「素敵だ」

鮎子は炬燵に入って、和彦の正面に向き合った。髪は生え際が美しく際だつように夜会巻きに結い、後ろでまとめて留めてあった。大きな目の目尻がやや釣り目がちに引っ張られ、細い顔立ちが一段と引き立った。鮎子の髪の生え際のうち、かつて和彦が惹かれたのは、鬢のあたりの産毛と耳の後ろの肌理の細やかさだったが、それは今も変わっていなかった。唇を這わせてみたい衝動に早くも駆られた。

「お待たせしたかしら」

「赤猪口《あかいこ》になるつもりかと思ったよ」

「まあ！　鮎子はそんなには待てないわ。でも、鮎子が八十歳の老婆になっていたとしても、和ちゃんなら同衾してくれるわよね」

「雄略天皇と同じように、百二十四歳まで生きることが出来るならね」

並べられた料理はいずれもこの地方で獲れたもので、少量ずつ盛られていた。まだ旬ではなかったが、白魚も蟹も、蟹田特産の帆立貝もあった。そして鴨の刺身が添えてあった。

「善知鳥《うとう》かな?」

「嫌ね。和ちゃんたら」

鮎子が思わず笑いだした。そして続けた。

「鴨のお刺身です。善知鳥じゃありません」

「ここに来る途中、善知鳥神社に寄ってみた。俳句では外ヶ浜は雁風呂の舞台だが、能では外の浜と呼び、善知鳥の世界だ。地獄の苦しみに悶え、カケリ舞う修羅の浜だよ」

「二つの説話はものごとの裏表。撃たれた雁を供養するのが雁風呂伝説なら、撃った人間の殺生を懲らしめるのが善知鳥伝説よ」

「アユは今でも仕舞をやっているの?」

「ううん。今はもっぱら鑑賞の方だけ。ずいぶん長いこと、自分では舞っていないわ。そう言えば、和ちゃん、以前お付き合いしていた頃、鮎子の仕舞を見に来てくれたこともあったわよね」

「ああ。何だったかな。『井筒』だったような気がする。『善知鳥』じゃなかったな」

「『善知鳥』は好きじゃない。哀れすぎるもの。生きていくために仕方なく鳥撃ちの猟師をしていたのに、それを、殺生戒を冒したとがめられて地獄に落とされ、鉄の嘴を持った化鳥に肉をついばまれ、目の玉をえぐられ続けなければいけないなんて、酷すぎるわ」

「戒律に潔癖過ぎる法華経の影響だろうか」

「この世に残す罪障が大きすぎると、たとえ法華経の功徳を持ってしても、救ってもらえないのね。でも、この世に残すのが恋の未練だけだとしたら、どうかしら」

「さあね。しかし本当に、親鳥はうとうと鳴き、小鳥はやすかたと応えるのかね。一度聞いてみたいものだ。たしか外ヶ浜の猟師は、そうやって親鳥の鳴き真似をして、巣穴から出てくる幼鳥を捕らえるんだったよな」

「和ちゃんも試してみたら？ 浅虫温泉の水族館で飼育されてるわ」

「止めとくよ。一声かけたとたん、空を巨大な親鳥の翼が覆い、どしゃ降りの血の涙を浴びせかけられるなんていうのは金輪際ご免蒙りたい」

「でも、たとえそんな哀しい善知鳥の舞台であったとしても、この町はほんとにいいところなの。鮎子の母の実家がこの町でよかったわ。ここのお魚はとびきり美味しいの。その中でも一番美味しいところだけを、こうして少しずつ頂くの。春は白魚や蟹の旬。山菜も美味しいわ。夏はね、ここから下北半島の脇野沢までのフェリーに乗れば、イルカの群に出逢うことも出来るわ。この陸奥湾に鰯の群を追って入り込んで、何百頭も群をなして波間にジャンプするわ。壮観よ。秋は秋で紅葉がすばらしいいし」

「でも冬は寒いし風が強い」

「和ちゃん、わかってないのね。鮎子は冬が一番好き。長い冬はネスティングの季節なの」

「巣籠りってこと?」

「そう。長い冬は、愛する人と巣に籠って過ごし、雁の帰る頃になったら雁風呂を焚いて春を迎えるの。四季の移ろいに身を任せて暮らすことが出来るなんて、すばらしいところだと思わない?」

徳利がいつのまにか空になった。鮎子は志津江を呼び熱燗を頼んだ。

「はい」

返事をして下がっていった志津江が閉めた襖へ目をやりながら、鮎子の表情が少し固くなった。

「叔父の奥様、つまり叔母は、この町で、雪の中で自殺したの。どうして雪の中だと思う? 京大に入った自慢の一人息子、そう、私にとってはいとこにあたる男の子が雪山で遭難死したの。叔母はいつも叔父を責めるの。自分は探検部なんかに入るのを反対したのに、あなたが認めたからいけないんだってね。でも、大学生の男の部活にいちいち親の承諾も何もないじゃないの。きっと辛すぎて誰かを責めないといたたまれなかったのよ。でも叔父も、そんなに精神力の強い人じゃなかった。一人息子を失った悲しさと、妻が精神に変調をきたして自分を責める辛さに耐えられなくなって、志津江さんにすがったんだと思うわ」

　料理を和彦の皿に取り分けながら更に続ける。

「叔父が志津江さんとこの町に隠れ住むようになってから五年ほどしたときに、鮎子がここに来たの。二人は不思議な暮らしをしていたわ。傷ついた者同士の愛のいたわり合いとでも言えばいいのかしら。ところがそこへ、何の前触れもなく、叔母がやって来ては叔父を責めるの。志津江さんと一緒に暮らしていることをじゃなくて、亡くなってしまった二人の間の息子の死についてよ。詰るだけ詰ると帰っていって、またしばらくするとやって来るの。そんなことがいったい何年、何回、何十回と続いたことかしら。ところがある春先の大雪の日、ちょうど今日みたいな日に、雪の中で自殺しているのが発見されたわ」

「鮎子さん」

　襖の外から志津江の声がして、襖が音もなく開いた。熱燗を持って来たのである。鮎子の話し声を襖の向こうで聞いていたのかもしれないが、鮎子は気にする風もなかった。

「アユはこの町で生まれたんだって？」

「そう。でも、生まれた翌月にこの町に大きな火事があったわ。火元は国谷の家だったの。母は鮎子を抱いて逃げ出したけど、祖父と祖母が焼け死んだわ。でもそんなことがあったにしても、鮎子はこの町が好き。和ちゃん、また来てくれるでしょ。鮎子はずっと待っているから」

「アユはまだこの町にいるつもりかい？」

「鮎子はたぶんこの町を離れることはないわ」

「僕が迎えに来るのを待っていたんじゃないのか？」

「迎えに来てくれたの？　連れて帰ってくれると言うの？　そんなことはないでしょ。ただこの町に会いに来てくれただけ。明日にはまた鮎子を残して一人で帰って行くんでしょ？」

「でもそれは……」

「いいの。それで。鮎子は昔のようなわがままは言わないことに決めたの。あの頃みたいに、結婚だ、幸せな家庭づくりだなんてことにはこだわらないわ。結婚してくれなきゃ屋上から飛び降りて死んでやるなんてことも言わない。だって、もう死ぬ必要がないんですもの」

「ん？」

「和ちゃん、鮎子に和ちゃんの一番美味しいところだけをちょうだい。あとはみんな、ご家庭に置いておくといいわ。そのかわり鮎子も、和ちゃんにとって都合のいい女でいてあげる。元々、そういう女であって欲しいと思っていたんでしょ。今になってやっとわかったの。あの頃、和ちゃんが私を求め、でも、やがては私を避け始めた理由が」

鮎子が和彦に注ごうとした徳利がまた空になっていた。鮎子の大きな目が真っ直ぐに和彦を見つめた。

「お酒よりもお魚よりも、そして雁風呂よりも、もっと和ちゃんに味わって欲しいものがあるの」

「鮎子は何も変わっていないでしょ」

鮎子は壁を向き、背中を和彦の方へ向けて立っていた。何も身につけていなかった。窓の外の水銀灯の白い光が、まだ降り続けている大粒の雪に乱反射しながら、鮎子の後ろ姿を白く照らし出していた。

壁に向かって立つ鮎子の頭の横には一枚の油彩画が架かっている。鮎子はその絵の裸婦と同じポーズを取っていた。身体つきも斜め後ろからの顔の表情も酷似しており、鮎子がモデルだと言われればなるほどと思うが、その絵は、岡山県出身の洋画家で若くして亡くなった原撫松の一九〇六年作「裸婦」の複製画であり、モデルが鮎子であるはずはない。

壁に向かって左手を突き、右手で壁に何かを描いているような絵と同じ仕草をしながら横顔を見せる鮎子。肩よりやや短くやわらかくウェーブし細やかで茶色がかった髪。腕と肩はあくまで細く、ウェストから上の背中は少女を思わせるほどに華奢ながら、それに比べて腰の豊かさと尻の丸み、そして真っ直ぐ伸びた肉感的な足――女性として最も美しい肉の付き方をした身体であると和彦は思った。二十代前半の頃の肉の若々しさは失われている代わりに、程良く熟成された豊潤な柔らかさが漂っていた。

「何も変わってないはずだわ。時間が勝手に過ぎてしまわないように、鮎子はこの絵の中に隠れていたのよ」

ベッドの端に腰を下ろしていた和彦は、その言葉に誘われるように立ち上がり、一歩二歩と鮎子の方へ近付いていった。窓の外の灯りが作り出す和彦の影が鮎子の裸の背中におおいかぶさり、和彦の両手が鮎子の両腕を背後から捕らえた。鮎子の全身から、豊かに熟した女性にこそふさわしい香水――ジャン・パトウのミル――の香りがした。

「この絵、ほんとうにアユに似ている」

「だからこの絵は十五年前の鮎子、そして私は今の鮎子。すべてがこの絵の中にフリーズしてあったの」

背中から抱かれた鮎子が顔だけ後ろに向けて和彦の唇を求めた。鮎子のキスはやわらかい。唇を少し開けて和彦の唇とクロスさせながら左右から包み込むようなキスだ。唇ではなくそのやや内側の粘膜の少し高い体温が、和彦の唇に直に伝わった。その唇のやわらかさは、鮎子の小ぶりの前歯がやや内向きに生え、歯と唇との間にふつうの人よりもやや広い隙間が空いているせいなのかもしれない。鮎子が笑うと、真っ白な歯の上に歯茎がほんのわずかに覗くが、その肉色がえも言われぬ劣情をそそった。

和彦は鮎子の腋の下から両腕を入れ、背後から持ち上げるようにして乳房に触れた。左の乳房の方がやや大きく重く、乳頭の位置も低い。ボトムとトップの差が大きい上、肩胛骨や脇腹のあたりの肉が薄いことから、ことさらに豊かに感じられた。両方の乳房ともにほどほどにやわらかく、触れた指は肉に弾かれつつもゆっくりと沈み込んでいく触感があった。

和彦は親指と中指で乳首を挟み込み、人差し指で乳頭を擦るように触れた。鮎子の乳首は黒々と柘榴のように細かく割れ、乳暈も大きく厚い。女性ホルモンに恵まれて発情している証しだ。

「和ちゃんの指、今でも鮎子を覚えているのね」

和彦は鮎子を振り向かせると、鮎子の閉じた瞼や鼻や髪や眉の生え際にキスをし、髪の毛を掻き上げて耳の後ろの細かい肌理の生え際に唇を這わせた。耳の後ろや首筋は、特に強くミルの香りがした。

和彦の唇は次第に鮎子の身体の下へ下へと降りていった。浮き出た肩胛骨の窪みを這い、乳房の外縁部を舐め、腕を高く上げさせて腋窩を吸い、乳頭を口に含んでやわらかく歯を当てた。

「和ちゃん、鮎子はどれだけ待ったかしれやしないわ。いつも和ちゃんにこんな風にされることだけを思っていたのよ」

鮎子の下半身の肉付きは豊かだ。足は長く腰の位置は高い。臍の周りには厚く脂肪が乗り、臍そのものも深い。和彦は舌の先を尖らせるようにしてその臍の中を舐めた。鮎子の頭の位置にある油彩画の作者の名前は原撫松である。松を撫でると書いて撫松《ぶしょう》と読む。松など撫でて何が楽しかろうと和彦は思いつつ、両手を腰と尻に回して優しく撫でた。臍から縦に真っ直ぐ下に向かって正中線があり、それにそってやや色濃い生毛が一本のラインを描いて秘所の飾毛の中心へと合流しているが、和彦の舌と唇はその線に沿って次第に下った。

「和ちゃん」

鮎子はゆっくりと両足を拡げ、和彦のなすがままに任せた。行為の半ばから、和彦はこれまで鮎子の全身を包み込んでいたミルとは別な香りをそこに嗅いだ。それは至高の夢を見せてくれるパチュリの葉から作った香料で、古代インドの宗教儀式で使われたという。その香りに包まれれば、誰しもが、その夢からけっして醒めたくないと願う秘薬である。鮎子はこの部屋に入ってくる前に念入りにシャワーを使い、パチュリの香料の粒を体内深くに潜ませていた。それが愛撫を受け身体の高ぶりによって溶け出したのだ。「愛」の効果をあらかじめ考えた上での、鮎子の淫らな企みだった。

ベッドに移った二人は文字通りもつれ合った。しかしそれはけっして荒々しい交わりではなく、二匹の蛇がお互いの身体をできるだけ多く長く接触させようと、身体を自在にくねらせて絡み合う、鮎子の短歌「もつれあひからまりあひておちてゆく蛇のやうなるあそびをせんか」の姿だった。

「言葉は心の内のすべての思いを伝え、耳はお互いの身体の奏でる音を何一つ聞き漏らさず、鼻は懐かしい匂いを嗅ぎ、目は身体の襞を隈無く覗き、お互いの手はお互いの身体の隅々までまさぐり、足は絡み合い、唇と舌はあらゆるところを這い、口は含めるもの全てを含んだ。身体は幾度も、あらゆる形に繋がりあっては離れ、そして離れてはまた結ばれた。

二人の睦み合いは夢の中までも続いた。睦んではまどろみ、まどろんでは睦み、やがてどちらが先にということもなく、「愛」の行為の果てぬままに眠りについた。鮎子が体内深くに忍ばせていた香料のパチュリが、今はお互いの全身に移り香していた。


雪に反射する日差しの眩しさで和彦は目を覚ました。ベッドの隣には鮎子が眠っていた。手足を縮めて毛布にくるまり、さながら繭の中に眠る勾玉のようだった。

和彦はそっとベッドを抜け出して窓辺へ寄った。空は真っ青に晴れ渡り、雪に日差しが乱反射していた。窓に斜めに差し込む光がベッドにまだ眠る鮎子の顔に注いでいた。

ふとドアの方へ目を遣ると、ドアの下の隙間から一枚の紙が差し込まれてあった。それは志津江からのメッセージだった。

雁風呂が沸いております。どうぞ朝湯をお使いください和彦は鮎子を起こさないように足音を潜め、雁風呂のある階下へ降りていった。ドアの開け閉めの音が耳に届いたのだろうか、鮎子が寝返りを打った。

和彦は雁風呂のやや熱めの湯に浸りながら窓の外を眺めていた。

昨夜入ったときには気に留まらなかったが、雁風呂の枢《くるる》の窓は、浴槽に浸るとちょうど目の高さになるように作られてあった。こうして湯に身を沈めながら、雁が引いていく空をしみじみ眺めることが出来る。あらためて、国谷幸彦の俳人としての凝り性に感心した。窓の向こうに拡がる空も海も、昨日の雪がまるで嘘のように穏やかで真っ青に澄み渡り、遥か遠くには下北半島も夏泊半島も眺めることが出来た。

　あら野来てさびしき町を過ぎしかば
　津軽の海は目に青く見ゆ　　　　　（古泉千樫）

そのとき浴室の板戸が開いた。

鮎子だった。何も身に付けておらず、左手の五指をすき間なくまっすぐ伸ばして前を隠し、右手を横にして両方の乳房を覆っていた。浴槽に近づき端に腰を下ろして湯を汲みだし、掛かり湯をした。そして和彦に背を向けて浴槽の縁を跨ぎ中に入ってきた。跨ぐとき、真っ白い尻の間から、掛かり湯で濡れた飾毛が覗いた。

「ごめんなさい。昨夜は終わらせてあげられなくて」

和彦の手を掴み、自らの大事な部分へと導いた。

「いいのかい?」

「いいの。私たちには、もう何もかも許されるのよ」

鮎子は背を向けて立ち上がり浴槽の縁に両手をついて上体を深く折り曲げ、和彦に行為を委ねた。二人の正面の開け放った窓からは、外ヶ浜の真っ青な海と空が見えた。穏やかな西風に乗って浜から沖へ流れていく一筋の煙は、今二人の身体と魂が一つになっている雁風呂を焚く煙だった。

―第五章― 蛍火

なく声もきこえぬ虫の思ひだに
人の消《け》つにはきゆるものかは　　兵部卿宮

四月、専務理事の米村に呼び出された和彦は、総務部長への昇格を言い渡された。突然で、思いもよらぬことだった。

総務部長のポストは歴代、業界大手A社からの出向者の指定席であり、プロパーの登用は初のケースである。和彦は総務部の課長のポストにあり、定年までに次長にでもなれればプロパーとしては上出来と思っていたのだが、A社が業績不振からリストラに入り、その一環として人件費出向元負担の社員を引き上げてしまったため、専務理事の米村は、やむを得ずプロパーを登用することとしたのだ。和彦より協会に入った年次の古いプロパーも何人かいたが、米村は和彦を起用した。元役人らしからぬ、そうした年次を無視した起用を、米村は、

「君を見込んで期待していることがある」

と表現した。しかし何が期待されているのかはその時点では和彦にはわからず、嫌な予感がした。

協会にプロパー社員は三十人ほど。役職は最高位で次長止まりであり、和彦の部長昇進は初のケースだった。プロパー有志による昇進お祝い会が催された。

「部長ご昇格おめでとうございます」

部長と呼ばれ面はゆい思いがした。

「これで我々プロパーにも、一段とやる気が出ます」

「プロパーの結束を固めて、ますます頑張りましょう」

若手社員が次々とやってきてはやや興奮気味の挨拶をした。

実は、プロパーの中にあるグループが作られ、プロパーの「部長」、「理事」への登用の道を開く運動が密かに進められており、役所OB組や業界出向組との間でさまざまな軋轢が起こっていた。そしてそのグループが担いでいたのは、実は和彦ではなく、和彦より古参の次長職にある別の男Mだった。和彦の部長への登用は、A社が出向者を引き上げたことに対する緊急避難であり、プロパーの要望を認める懐柔策であり、そしてプロパーの結束に鍥を入れる巧妙な離間策でもあった。そう考えると、年次を無視したやり方は斬新でも何でもなく、むしろ姑息なやり口と言えた。事実、Mはもちろんのこと、Mを担いでいたグループの何人かは、その昇進祝いの会を欠席していた。

和彦は昇進など全く期待していなかったし、これまでプロパーのグループとは一線を画した付き合いをしていた。そのグループの目的が、プロパーの協会内部での重用だけでは

なく独立まで目指したものであることも知っていたが、和彦に言わせれば、それは笑止なことだった。真顔で、

「もっと我々プロパーが業界調査の能力を向上させ、シンクタンクとして独立でやっていけるように頑張りましょう」

などと言う若手もいたが、バブルの絶頂期ならいざ知らず、崩壊後のご時世に、独立系シンクタンクとして生きる余地はほとんどない。そしてそもそも、この協会の本質は、シンクタンクなどではなく、政官界へ圧力をかける際の形式上の隠れ蓑にしかすぎないのだが、それをわかってないプロパーが多数いること自体、和彦には不思議に思えた。「部長」と呼ばれるのはたしかに心地よいが、何か面倒な罠があることを危惧している自分がいた。


昇進から一ヵ月ほど経った五月の連休明けに、和彦は専務理事室に呼び出された。

「もう馴れたようだね。しっかりやってくれていて助かるよ」

専務理事の米村は和彦の前に分厚い封筒を置いた。

「ひとつ頼む。前の総務部長のFくんがちょっと固すぎてね。けっして個人的に使ったものじゃなくて、協会に関係あるものなんだから」

それは請求書の束だった。

「けっこう古いのもあるんで、なるべく早く処理してくれないか」

米村には悪びれた様子はまったくない。総務部長に抜擢してやったのは俺だぞというニュアンスが言葉の端々に出ていた。

「わかりました」

和彦は素直に引き下がった。別室で計算してみると三百万円弱あった。ほとんどがクラブなどでの飲み代である。役所仲間との飲み会のツケであるに違いなかった。この協会の専務理事クラスに天下るのは、役所の同期の中でも比較的早く出世レースから外れた組である。給与もたかがしれているし、交際費を丸抱えしてくれる企業もないため、役人仲間との付き合い金の捻出は難しい。しかしここで頑張って、役所の先輩、後輩を大事にしておかなければ、次の天下りのポストもたいしたところが廻ってこない。そういう意味では、米村にとっての必要経費だった。

厳しいリストラを進める協会加盟の各社に知られたら問題とされる怖れのある金であることは事実だが、裏金で三百万円を捻出することはそれほど難しいことではない。小所帯の協会とは言え、架空の経費計上と納入業者への支払額水増しとそのバック、架空の出張旅費支出などを細かく積み上げることによって、三か月もあれば捻出できる。何しろ和彦は、経費支出を起案する総務課長と、決済する総務部長を兼務しているのである。「君を見込んで期待していることがある」と米村が言っていたのはこのことだったのかと、和彦はいささか拍子抜けした気がした。何かもっとやっかいなことを押しつけられるのではとの当初の危惧は、どうやら外れたようだった。

蟹田以降、和彦がますます鮎子に心を奪われ始めているのと同じように、涼香もまた、フラワーアレンジメントの事業を会社組織に衣替えするということに没頭していた。

五月の連休の、軽井沢のギャラリーでのフラワーアレンジメントによるデコレーションの試みは大きな反響を呼んだ。期待以上の成果を納めたことにより、発案者でもあるギャラリーのオーナーで輸入雑貨商を営む武川は、夏場一杯までのはずだった契約を変更して、涼香にある提案を行った。それは事業の拡大・株式会社化であり、武川がそのビジネスパートナーとなるというものである。五月の中頃にその計画を打ち明けられた和彦は、さして興味もなく上の空で聞いた。そこは元々涼香の領分であり、和彦は口出しをする気もないしアイデアも持ち合わせていないのだが、和彦の気のない態度は、会社設立に向けて燃え上がっている涼香の目には、冷たいあるいは役立たずと映じたに違いなかった。

「あなたこの頃、私の話をちっとも聞いて下さらないのね。まるで何かに取り憑かれて、心ここにあらずといった感じじゃありませんか」

株式会社を設立するに際し、資本金は一千万円と設定した。信用を得るにはこの程度の資本金は最低限必要だった。

「金ならいくらでも出すぞ」

涼香の父大藤源一郎も涼香の事業欲に興味を示し、身を乗り出してきたが、

「お金なら大丈夫。武川さんから引き出すわ」

と涼香は、名家の令嬢らしからぬ、父親譲りのしたたかな面を見せた。

涼香は「涼香フラワーサロン」の商標権――「のれん代」を八百万円で武川に売り渡し、涼香はその手取金八百万円を出資、残りの二百万円は武川が出資するという方法で設立された。涼香は実質的には一円も出さず、しかも、新会社は資本金のうちの八百万円で武川から「のれん代」を買い戻すのであり、「見せ金」に近い方法だった。新会社の事業はフラワーアレンジメント教室の運営と事業、社長は涼香、副社長に武川が座った。

和彦は、武川には事業パートナーとしてだけでなく、別な下心があるに違いないと勘ぐっていたものの、そのことは涼香には言わなかった。涼香は、こうした男の下心を巧みに利用しながら、これまで個人でフラワーアレンジメントの教室をやってきたのであり、身のかわし方は充分心得ているはずである。そして何より、口に出すことで、無能な男の嫉妬と取られ兼ねないことが嫌だった。

涼香のこの頃の事業にたいする気の入れ方は、和彦には疎ましい。協会の仕事も思わぬ昇進で、気疲れすることが多くなってきた。しかし和彦には、その疎ましさや気疲れから逃れられる世界があった。

それは俳句である。

そして鮎子である。


六月下旬の土曜日、石見空港。

東京からの第一便で午前中の早い時間に着いた和彦は、まずレンタカーを借り、大阪伊丹空港からの到着便を待っていた。その便で、鮎子がやって来る。

今度の旅の最終目的地は山口県東部の山村、美川というところで、一泊二日の予定である。妻の涼香には、大学時代の同級生の墓参であると言ってあった。

それは本当である。

今年は、大学四回生の秋に自殺した同級生Kの二十一回忌の年に当たる。Kと和彦と颯子は大学の同級生で、しかも学生運動の同士として三人ぐるみ親しく付き合っていた。自殺前夜、和彦のアパートを訪ねてきたKは、和彦の部屋に颯子が来ていたために部屋には入らず、ほとんど言葉を交わすことなくそのまま去って行き、翌未明、かなり手の込んだやり方で命を断った。

自殺の真の理由は不明だが、その頃、京大では学生の自殺が相次いでいたこともあって、教育学部のS教授が研究の一環として自殺原因の調査に乗り出していた。S教授は新左翼シンパで和彦たちとも交わりがあったこともあり、Kがいくつかの重い悩みを抱えていたことを教えてくれた。学生運動の延長として地区入りし新左翼活動を続けるか否か。入学当初時の望みであった司法試験に改めて挑戦するか。実家は裕福ではなく、早く親を安心させるためには就職が期待されており、大手石油会社に一応内定しているが、学生運動、特に狭山闘争や三里塚闘争に参加していたことが発覚したら内定取り消しになる可能性が高いことへの危惧。そして、一人悶々とし続けたに違いない恋の悩み。こうした複合的な要因により、不眠、自己嫌悪、そして自己否定へと繋がったのだろうという分析で、

「要するに、あらゆることに対して真面目な奴だったんだよ」

というのがS教授の総括だった。

葬儀は身内だけで行われたが、四十九日の法要には山口県の片田舎にもかかわらず十人近くの同級生が参列した。しかし、一回忌、三回忌と年を経るごとにその墓参の人数は減り、七回忌、十三回忌の時には、和彦だけになった。

ひとかたまりになって空港出口から吐き出された客の中から、和彦はすぐに鮎子を見つけた。薄地の黒のノースリーブのワンピースを着て、やはり黒の大きな帽子をかぶり、サングラスをかけ、一泊旅行にしては大きすぎる鞄を抱えていた。

和彦は人混みをかき分け鮎子の前に立つと、手を伸ばして鞄を受け取った。

「雪舟の国へようこそ」

「人麻呂の石見の国ではなくって」

石見空港のすぐ近く、国道一九一号線が高津川を渡る手前に「連理の松」と呼ばれる珍しい二本の松がある。根元は二本別々の松だが、幹の途中で一本の枝を共有してH型に繋がっており、男女の交合いの姿を連想させる。元がどちらの幹から出たものかわからないほど、その枝は両方と一体化している。

「この二本の松、どちらかが先に枯れてしまったら、残された方はどうなるのかしら」

「さあ、たぶん、繋がっている枝を切り落として、死病が生き残った方の松に伝染しないようにするんだろう」

「先に枯れた松が、後を追って欲しいと思ったら？」

「それなら交った枝をそのままにしておけば死病が移るさ」

「死者と情を交わせば死病が移るってことね」

「気味悪い話はやめよう。後を追うかどうかは、先に死んだ方が決めるのではなく、後に残された方に選択権があるはずだ」

「それはどうかしら。でも、死ぬ間際って、人は何を望むと思う？」

「それは死ぬときのお楽しみってことじゃないかな。死後の世界があるかどうかと一緒で、いずれわかることさ。だからあわてて死ぬことはない」

「死の間際の思いは、この世への未練として残るんじゃないかしら？」

「さあ」

「首を吊ったの？」

「え？」

「これからお墓参りに行こうとしている人のことよ。たしか以前に和ちゃんとお付き合いしていた頃にも、その人の墓参りに行くって話を聞いたことがあるわ」

「さあ、どうだっかな。首を吊ったんだったかな。もしそうだったら、きっと苦しかっただろう。途中で止めたいと思ったかもしれない。ロープを腕で掴んで、止めようとあがいたかもしれない。だが、一度ぶら下がってしまえば、偶然にロープが切れてしまわない限り、助かることはないだろう」

墓参りに行くのではあるけれども、Ｋの自殺前後に起きた混乱を思い出したくはなかったので、話題を転じようと、

「この町を流れている高津川では、珍しい（放し鵜飼い）が行われているそうだ」

「それもやっぱり鵜の首を縛るんでしょうね」

Ｋの自殺の手段は首吊りではなかった。断崖からの飛び降りでもなく、鉄道への飛び込みでもない。感電死したのだ。電気毛布からコードをはぎ取り、全身に巻き付け、タイマーをセットし、そして、大量の睡眠薬をウィスキーで流し込んで熟睡し、タイマーがオンになった瞬間に電気が流れ、心臓マヒで死んだ。誰かに、あるいは何かに抗議するような、壮絶な死に方だった。京大の学生寮の一室で行われたこの自殺劇は、タイマーの入り

と同時にKの悲鳴が上がり、自殺はすぐに発見されたため、剥き出しのコードからの火花も布団の一部を焦がしただけで、火事にならずに済んだ。しかし、検死のために立ち入ろうとする警察と、寮の自治のため警察の立ち入りを阻止しようとする学生との間でひと荒れあった。

関係する学生などに聞き取り調査したS教授によると、

「遺書らしき封筒があったのを見た学生が数人いるが、自殺方法の特異さや、発見直後の火事騒ぎの混乱、更には警察の検視にかこつけた寮内への機動隊導入騒ぎなどに紛れて、どこかへ行ってしまった。読んだ者はいない」

とのことだった。Kの自殺の理由はさまざまに想像できたが、最後にどんな言葉を残そうとしたのかはわからず終いとなった。

車は海沿いを走る一九一号線から九十度折れ、中国山地へ分け入る九号線へ入った。しばらくは高津川に沿い、川の両岸に青々とした水田を見ることができたが、全体に平野部は少なく川の両岸にわずかに拡がるだけである。それも上流に登るにしたがって次第に狭くなり、一時間ばかり走って日原という町についたころには、U字谷の底のような地形となっていた。日原は分岐の町で、九号線をそのまま右に辿れば津和野を経由して山口へ出る。左へ一八七号線を取れば瀬戸内の町・岩国へ出る。車は左の道を取った。岩国への道の途中に、旅の目的地の美川がある。

地図と周りとを見比べていた鮎子が、

「美川は石見空港からだとずいぶんと遠回りね、瀬戸内海側からの方が近いんじゃないの？」

「これまではいつもそうしていた。でも今回はわざわざ石見ルートにしてみたんだ」

「なぜ？」

「広島空港が県の東端に移転して不便になった。それに、死んだKに聞いた話では、美川は山村で、瀬戸内の町とは暮らしぶりが違うそうだ。そもそも、山口県の山村は、神代の昔から石見の影響が色濃い所で、神社の多くは人麻呂神社だし、伝わっている神楽は石見神楽だ」

六日市町で中国山地の分水嶺を超えると一八七号線は一気に下りとなり、川も瀬戸内側へと流れを変え、名前も錦川となる。石見の文化は山を越えた後はその錦川を下って伝播していったのだろう。今年は例年に比べて空梅雨だが、冬の間に降った雪の影響で川の水量は豊かだ。分水嶺を超えたあたりではまだ小さい渓だった錦川も、山のあちこちから流れ出る小さな谷川が幾つも合流し、次第にかなりの水量となって、やがて山口県最大の流域面積を誇る大河の面影をかいま見せるようになった。

「ここから美川町だわ」

鮎子が道路の脇の標識を見つけた。和彦は車を止めて鮎子から地図を受け取った。

「ほら、いまここよ」

鮎子が和彦の方へ身体を預けるようにして場所を指し示した。

「あと七キロほどだ。錦川清流鉄道の南桑《なぐわ》駅の少し上流の川の中に大きな岩がある。それが目印だ」

錦川は美しい川である。山を縫って大きく幾たびも蛇行する川の水は透明に澄み、山の緑が水面すれすれにまで迫り、淵と瀬が交互に川の流れにアクセントを付ける。瀬には白鷺が魚を漁り、淵には残り鴨が陣を張る。点在する釣り人を縫うように燕が飛び鶺鴒が舞い、水中には鮎が鱗を煌めかして泳ぎ、色鯉が深みに渦を起こす。万緑の山肌に沿って白いディーゼルカーがゆっくりと走る。

「あら？　あれ、和ちゃん、あの岩ではないの？」

大きなカーブをゆっくり廻ったとき、一段と広くなった川の中に、大きな岩が見えた。

和彦はここへは数度来ており、見覚えのある岩だった。これまでは下流の岩国側から上がって来ていたので初めて見る側からのアプローチではあるが、間違いなかった。地元の人が「お岩」と抑揚のないアクセントを付けて呼び親しんでいる高さ五メートル弱の、二階建ての家ほどの岩である。道路を挟んだそのすぐ裏山は愛宕山と呼ばれる岩山で、斜面には天狗岩と呼ばれる巨岩が突き出しており、おそらく「お岩」は、かなりの昔にその山から転がり落ちた巨石だったのだろう。川にせり出した岩の直下は淵となっていて、夏場は子供たちの格好の飛び込み場でもあるらしい。

その岩の近くで雑貨屋を営んでいるのがKの生家だ。昔ながらの民家を軒先の一間だけ店に改造したような家で、繁盛とは縁がないが、商いは細々と続いているようだ。和彦の運転する車はその家の前をゆっくり通り、五十メートルばかり行き過ぎたところで止まった。

「どうして行き過ぎるの?」

「お墓はこの谷の上にある。墓参りだけのつもりだ」

「お家には寄らないの?」

「今回は寄らない」

「どうして?」

「亡き息子の昔の同級生を見たら、親は嫌でも、死んだ子の年を数えるだろう。それはきっと辛いことに違いない」

「そうかしら。二十一回忌にもなったのに、いまだに忘れず訪ねて来てくれた友人がいたということのほうが、辛さよりも勝ると思うけど」

「掛ける言葉を思いつかないから」

和彦が車を止めた横には、山からの小さな沢がある。その沢に沿って人が一人歩けるほどの小径が付いている。

「鮎子は行かないわ。死者に近づきたくないの。それより鮎子は、あの岩の上に登ってみるわ」

和彦は後部座席に置いてあった花束を持ち、ひとりで沢道を登っていった。百メートルばかり登ったところに墓地があり、Kの墓もそこにあった。

和彦は四十九日の法要の日のことを思い出していた。その日は納骨の日でもあった。その墓は真新しい墓だった。

「わしら夫婦のためちゅうて生前戒名までもろうて作っちょいた墓に、まさか息子が先に入るじゃなんて」

と父親が泣き崩れた。この地方では生前に戒名をもらって墓を建てておくと長生き出来るという言い伝えがある。その風習に従って作った墓に、まだ二十一才の息子の骨を一番はじめに安置することになったのだ。悲しみの深さが偲ばれた。

十名ばかりの京都から来た同級生の中に颯子もいた。颯子は、自殺のほんの数日前にKから恋心を告白されたその場で、既に和彦と深い付き合いをしていることを告げていた。自殺前夜にKが和彦を訪ねてきたときに颯子が和彦の部屋にいたことは、和彦と同様に颯子にとっても、後々まで心に残る重いしこりとなった。元々は、Kと颯子が先に身体の関係になっていた。Kは、関大での闘争に参加した夜、思わぬはずみでそうなったと半ば照れながらも得意そうに和彦に語ったのだが、いつしか、和彦との仲の方が進展してしまった。

Kの墓は、今日すでに誰かが墓参りをしたらしくきれいに掃除され、花が飾ってあった。まさか颯子がと一瞬思ったが、たぶん彼女はもう渡米しているはずだ。おそらくは、Kの親兄弟などの縁者が朝早くに、墓参を済ませたのだろう。墓石の側面には、建立者としてKの父母の名前が彫られているが、朱色のままなので、両親ともに、まだ存命のようだ。和彦は花束を墓の横に置き、目をつむり、手を合わせ、三度念仏を唱えた。そしてそのあとで、

「今回で墓参りは最後だ。二十一で死んだお前に、死後二十一年も付き合ってやったんだ。もう許してくれ。それに、颯子はアメリカへ永住する」

と半ばは自分に言い聞かせるようにつぶやいた。

墓所からは、集落と川、そして川の中に立つ「お岩」が一望できた。鮎子はその岩の上に立って和彦の方を見ていた。和彦が手を振ると、大きく手を振って応えた。錦川はこれから鮎釣りのシーズンで、「お岩」の上流側にも下流側にも、腰まで水に浸った鮎釣り人が点在し風景になりきっている。日はまだ高く、和彦がひそかに期待する山国の幻想的な夜が始まるには、まだ数時間待たなければならなかった。

錦川の支流、根笠川《ねかさ》を四キロほど遡ったところにある集落を門前という。鉱山神社の門

前町という意味だ。日本で唯一のタングステン鉱山のあった町だが、数年前閉山となった。今はその廃坑道を活用したテーマパーク構想が練られているらしい。今夜の宿は、その鉱山跡の脇から更に枝流に沿って山の中に分け入った所にある温泉一軒宿「福田屋」である。谷の小流れに沿って立つ離れが二人のために用意されているはずだ。

日が落ちるまでにはまだ時間があり、その日は幸いにも、山ノ内神社と呼ばれている鉱山神社の祭礼だった。祭礼とはいっても、この集落はすでに過疎と高齢化が限界に近いまで進んでおり、神社に奉納される神楽を見るために集まっている村人は、ほんのわずかだ。かつてこの集落では、地元民だけの神楽団をかかえていたが、今では維持する資金も、継承する者もいなくなって廃れ、祭礼の度に、益田市から神楽の一団に来てもらっている。経費が掛かるので、演目を絞り、細々とではあるが、続けられている。

「金糸銀糸の衣装が豪華絢爛なだけに、これだけ周囲が淋しいと、哀愁すら漂うわ」

「大丈夫だ。神楽は文字通り、神様を楽しますために舞うものだから、見ている人間は少なくても、我々の目には映らないけれども神様が、それこそ八百万も集まって、楽しんでおられるはずだ」

「昔は、人々は神に守られて暮らしていたんだものね。そして、神への感謝に、神様に楽しんでいただくための舞を舞ったのね」

「三十数種類ある岩見神楽だが、こうして地方への出張では演目は絞って行われる。人気の演目を外すわけにはいかないので、数は減らしても、人々が一番見たいと思っているものは、やってくれるんだ。人気の一つはやはり、今やった「塵輪《じんりん》」だね。天皇自らが悪鬼を退治するというストーリーも日本という国家が成立した古代を彷彿とさせて感動的だし、まき散らす火花にも迫力がある。だが何といっても、圧巻は「大蛇《おろち》」だ。八匹の大蛇が絡みつき、のたうちまわって火を吐く舞は、岩見神楽の真骨頂さ」

「どちらも火ね。吐いた火は、いずれは我が身を焼き尽くすことにもなるのでしょう」

夕刻。露天風呂に二人で入った。入り口と脱衣場は別々だが、中に入ってしまえば、石で囲まれた湯船が違うだけで高い仕切りはなく、顔を見合わせながら話が出来た。露天風呂の片側は川が流れ、反対側は櫟や楢の木が覆い被さるように茂っていた。風呂から見上げた空は狭いが、梢を渡ってゆく涼しい風を肌に感じることができた。

湯から立ち上がり、渓を吹く風に身の火照りを冷ます鮎子の後ろ姿は、原撫松の裸婦像そのものだ。露天風呂には他にも客があったが、和彦と視線の絡む者はあっても、鮎子の姿をまじまじと見る者はいなかった。無遠慮で露骨な興味を示すことは、日本人の心情としてはばかられるし、はしたないこととして慎んだのだろう。

「河鹿の声ね」

谷のせせらぎに和し、河鹿の鳴く声がした。夕暮れ時は河鹿の求愛の時だ。

「河鹿の雄ってたいへんよね。鳴声が悪いと雌が愛を受け入れてくれないんだもの」

「河鹿の雌だって同様だよ。雄の求愛に応えた声がだみ声だったりしたら、雄は興醒めしてすぐに離れていくだろう。末摘花は容貌だけの問題じゃない。歌も駄目だったんだ。歌が下手な男女に恋する資格がないのは、平安の昔といっしょさ」

「ついでに山吹でも咲いていれば、まさに古今、新古今の世界だわ。河鹿の声をこんなにしみじみ聞いたのは生まれて初めて。河鹿の鳴き声って瀬の音や風の音に決して紛れることはないのね」

和彦が先に離れに戻ると、既に夕食の膳が並べられていた。鮎づくしである。前菜の鮎の煮凝りから始まって、お椀、背越し、煮物、焼き物、揚げ物、寿司、膾と全て鮎料理で、仕上げの鮎雑炊のための炭火コンロも用意してあった。

少し遅れて、鮎子が浴衣を着て離れに戻ってきた。浴衣は宿のお仕着せではなく、自分で持参したもので、薄い緑地に小紋のように肩と裾に鮎が白く染め出してある。緑は鮎子のお気に入りの色だ。蟹田では帯地が緑色だったが、この根笠では浴衣が薄緑だ。

この町は江戸時代、鉱山で栄え、長州藩の直轄地として代官所が置かれていた。この宿の奥の護聖寺は毛利家の菩提寺の一つとして歴代藩主の位牌も安置されている。一説には毛利家の隠し金山として倒幕の財政的裏付けであったとまことしやかに伝えられ、使い切れなかった黄金が裏の鍾乳洞の奥深くにまだ隠されているとの伝説がある。大学などのケービング愛好家が練習と宝探しを兼ねてよくその鍾乳洞に潜っているらしいが、いまだに黄金が発見されたという話は聞かない。

「神楽の里、河鹿の湯、鮎の宿、そして隠れ金山の町と、なんとも盛りだくさんだわ。ありがとう、和ちゃん。ついて来てよかったわ」

「それともうひとつ。それがアユをここに誘った一番の理由なんだ」

「まだあるの。興味津々だわ。鮎子にいったい何をして下さるおつもりなのかしら」

鮎子が和彦のグラスに冷酒を注いだ。青い硝子器の中央の窪みに入っている氷が、傾けられた硝子器に触れて涼しい音を立てた。「白蛇」という岩国の地酒である。

「ねえ、和ちゃん」

「え?」

「その一番の理由って、淫らなこと?」

「わからない。どうなるか、そんな先のことは解らない」

「期待はずれにしないでね。そのためにわざわざやってきたんだから」

「もう酔ったのかい?」

「そう。和ちゃんと一緒の時は、鮎子はいつも酔ってるわ」

鮎子はすでにゲームを始めていた。墓参の旅なので昼間は神妙にしていたが、この宿に着いてからはすでに何度もキスを交わし、しだいに高ぶり合っていた。

「お食事はもうお済みになりましたかいね」

鮎子が用足しに席を外したわずかな間に、襖の向こうから声がして静かに襖が開き、

「蛍がえっと舞いだしたですよ。遅うなると蛍はねぐらに帰っちゃうんで、今がちょうどええけえ、行っちみんさい」

と宿の仲居が畳の上に小さな箱のようなものを置いて、すぐに下がっていった。藁で出来た細工もので、中には濡らした蓬の葉が入れてあり、幽かにその匂いがした。

仲居が下がるのを待っていたかのように入れ違いに部屋に戻ってきた鮎子が、

「これ蛍籠ね。素敵だわ」

と手に取って声を上げた。

食事の後、二人は離れを出て蛍の飛ぶ沢に架かる橋まで歩いて行った。

「どうやって蛍を捕まえるの?」

「これで採るんだ」

笹の小枝を束ねた竹ぼうきのようなものを和彦は持っていた。

「これで、飛んでいる蛍をそっと掃くようにすれば、枝に蛍が引っかかる」

和彦は仕草をやってみせ、その笹の小枝の束を鮎子に手渡した。日は全く暮れ、木の間がくれの宿の灯りと星明り、そして蛍の光りの他は真の闇だった。橋の上手にも下手にも蛍は無数に乱舞していた。飛ぶというよりも浮いて漂うと言う方がふさわしいかもしれな

い。鮎子が笹の束を、和彦に教えられたとおりにそうっと掃くと、笹の小枝に蛍が引っかかった。それを和彦が指でつまんで蛍籠の中に入れた。

蛍はおとなしい。笹の葉に引っかかればそのままじっとしているし、指でつまんでも抗うようなことはない。蛍の明滅は、雄が雌を、雌が雄を交尾に誘うシグナルであり、ともに光り合って、すでに前戯とも言うべき息使いをしている。しかしそれはけっして荒々しく求め合う息ではなく、静かに結んでゆっくりと吐く、大人の睦みの息使いだ。

二人の周りの闇の中には、愛を求め合う蛍の灯りとその匂いが漂うばかりである。その匂いは蛍の性臭と呼ぶべきだろう。その匂いを嗅げば人もまた淫らになる。

十四あまりの蛍を籠に入れて二人は離れに戻ってきた。

「まあ」

鮎子が声を上げた。

濃い緑の蚊帳が吊ってあり、蚊帳の中には真っ赤な夜具が敷いてあった。

「蚊帳なんていったいいつ以来かしら。和ちゃん。これがそうなのね、一番のことって」

「さあ、どうかな」

離れの障子は庭に向かって開け放ってあった。その庭にも、川辺から離れた蛍が一つ、二つと舞っていた。二人は蚊帳へ入る前にその濡れ縁に腰を下ろし、その庭の蛍を眺めた。

「鮎子には「ひ」の字と「し」の字に見えるわ」

蛍の光りは粘っこく闇に水尾を引く。その光跡が、ひらがなの「ひ」の字と「し」の字に見えると鮎子は言う。

「恋情を「火」と燃やして、命尽きれば「死」。もしかすると、ひらがなの「ひ」と「し」の二文字は、蛍の光跡を見てむかしの人が思いついたのかもしれないな」

恋蛍ひの字しの字の水尾を曳く

和彦は鮎子を抱き寄せて唇を合わせた。光り合うことから始まる蛍のように、和彦と鮎子の思いは口づけから始まる。たとえ『聖書』や『大般若経』ほどの紙幅と文字を連ねて愛を語ったとしても、唇を重ね、身体を結びつける行為には及ばない。もしかすると蛍の交尾は、光り合う下腹部どうしが溶け合って一つになるのではないだろうか、そうすれば愛し合う者同士、もう離れることはなくなるはずだ。そんな激しいことを思いながらも、二人の行為は静かで穏やかだった。

「溶けたい。溶けて一つになりたい」

「心はとっくに一つだ」

「そんな言葉遊びでは鮎子は満足できない。肉が、細胞の一つ一つが、心の波長のすべてが一つになりたい」

愛する者同士が一つになりたいと願うのは自然な欲求だろう。でもそれを言葉ではなく形として表すとするならば、実際問題どうすればいいのだろうか。相手を食べてしまうというのはどうだろう、相手の最も愛しい部分を切り取ってしまうか、行為の絶頂で共に息絶えてしまうこともそれに近いかもしれない。でも一つにはなれない。もっとも冷静に考えれば、子供を作るということだろう。二人をそれぞれ構成する要素が部分的に絡まりあって分身が出来るのだ。それは常識的な結論であり、愛の現実的な到達点だ。だがしかし、それは分身ではあっても、二人が一つになったわけではない。例えば、粘土で出来た二体の人形を溶かしてこね回し、一体の人形に作り替えてしまうような、そんな深い愛の形というものはないのだろうか。

「冷たいわ」

裸で仰臥する鮎子の胸の谷間に蛍を置いた和彦に向かって、鮎子がつぶやいた。蛍の光は熱のない放射光であり、熱さを期待して触れるとかえって冷たく感じる。和彦は二匹目の蛍を籠からつまみ出し、今度は右の乳房の斜面に置いた。蛍は夕暮れ時が最も活発に飛び回り、夜が更けるにしたがって動きが鈍くなる。もう今は動きの鈍くなる時間帯に入っていた。和彦の指につままれて三匹目の蛍が今度は左の乳房の傾きに置かれた。三匹の蛍は置かれたそのままのところで静かに明滅を繰り返した。

「これが和ちゃんの一番にしてみたい悪だくみだったのね」

和彦は言葉を返さず、蛍籠から二匹まとめてつまむと、こんどは鮎子の臍の窪みの中に入れた。頭から入れられた蛍の尻だけが外に出て妖しく光る。鮎子の息使いと蛍の明滅とが同じ波長となった。

和彦は残りの蛍を蓬の葉ごと蛍籠から取り出した。そして蓬の葉に止まっている蛍を一匹ずつ引き離しては、鮎子の閉じ合わされた太腿の付け根に置いていった。そこには柔らかい毛がふんわりと丘を形作っていた。

「和ちゃん、ひどいわ」

「どうして?」

「だって、鮎子をおもちゃにするんですもの」

「嫌かい?」

「答えたくないわ」

全部で六匹の蛍を太腿の付け根に置いた。蛍はじっとして静かに明滅した。鮎子の叢が、蛍のねぐらの柔らかく湿った草むらと似ているからかもしれない。六匹だとまだ暗い。和彦は胸の三匹と臍の二匹もつまんで、その叢に置いた。あわせて十一匹の蛍が叢の中で光り合った。

「足をひろげてごらん」

和彦はいつのまにか鮎子の足の方へ廻っていた。

鮎子は逆らわない。

「こんな風に?」

鮎子はゆっくりと膝を曲げ、曲げた膝先を左右に拡げていった。

「見てるの?」

「見てる」

「見えるの?」

「見える」

「意地悪だわ、和ちゃん」

「恥ずかしいかい?」

「玉鬘よりももっと切ないわ」

蛍灯りに照らされた鮎子の秘密の部分を和彦の指が左右にひろげたとき、鮎子が消え入りそうにつぶやいた。

和彦はまどろみの中にあって不思議な夢を見た。

蛍を身体に這わせたまま二人は結び合った。二人の身体が擦れ合うたびに蛍がつぶれ、蛍の性臭があたりに漂った。蛍はつぶれてもその光は消えず、鮎子の下腹部を覆い、和彦の手で胸や首や頬へと塗り拡げられた。そしていつしかその光は熱を帯び、二人の身体の結び合った部分から火となった。すると突然、神楽の囃子が激しく高鳴り、火の粉が蚊帳に飛び散ってめらめらと燃え上がり、やがて障子が燃え、柱が燃え、天井を火が這い、ついには離れ全体が炎に包まれ、最高潮に達した神楽の鉦や太鼓の響きとともに、真闇の夜空に、絢爛豪華な鱗に覆われた大蛇にも似た火炎樹が立ち上がった。その火炎樹の根は、溶けて一つになりつつある鮎子と和彦をしっかりと抱いていた。

一第六章一 片蔭

別々に日焼けて五時の食前酒《あぺりてぃふ》　東野礼子

「自分勝手なのはあなたの方じゃないですか。仕事から戻るとパソコンの前に座りっぱなしで電子メールのやり取り。週末になると句会、吟行、句会、吟行。私のことを仕事に取り憑かれているとおっしゃるのなら、あなたはもっと性悪なものに取り憑かれているのよ」

涼香が声を荒げた。結婚以来十三年、ほとんど喧嘩らしい喧嘩をしたことのなかった二人だが、このところ、とげとげしい会話を交わすようになった。涼香は仕事が忙しくなっており、和彦は鮎子に翻弄され、ともに苛立っていた。

その上、その苛立ちに輪をかける出来事があった。夏休みのバリ島行きをめぐってである。

「一美の機嫌を取ろうと、そんな約束を勝手にして。私がいま会社を作ったばかりでどんなに大変なときなのか、あなたにはおわかりにならないの」

「会社、会社、会社、二言目には会社か。もともと個人でやっていたものを会社の看板に換えただけじゃないか。前と同じことをしているんだろうが」

渋る涼香を説得して、家族三人で六日間のバリ島ツアーを申し込んだが、涼香が多忙を理由に行かないと言い出し、ここ数日、毎日のように揉めていた。

「あなたはお気軽なサラリーマンだからいつでもお休みが取れるでしょうけど、私はそうはいかないのよ。会社組織にしたばっかりでみんな張り切ってやってくれているのに、社長の私だけがそんなこと無理だわ。副社長の武川さんにだって、ご自分の仕事関係や友人関係でたくさんのお客様をご紹介していただいているのに、とても申し訳なくて」

「また武川か。二人で仕事をするのがそんなに楽しいか」

和彦が皮肉たっぷりに吐き捨てた。

「何て言い方をなさるの。ご自分でご自分の価値を下げるおつもり」

涼香の目がきっと釣り上がった。

「私のために、あなたは一件だってお客様を紹介してくれたことがありましたか。だいたいどうして、あんな協会なんか辞めて手伝ってあげると言って下さらないのよ。そもそも、あなたがこんな気楽にしていられるのも、みんな私の父の援助のお陰なのよ。私の実家の土地に私の父が建ててくれた家に住んで、ローンもなく、あなたの雀の涙ほどのお給料を当てにしなくて暮らせるのも、みんな私と結婚できたお陰なのよ」

和彦の顔色が変わった。しかし、もっと変わったのは涼香の顔色の方である。「しまった」という表情になった。それは口に出してはいけないと、封印していた事柄だ。気にしてないようでいて実は和彦が一番忸怩たる思いをしている部分に違いないと、聡明な涼香は結婚当初から思っていたのだ。

気まずい沈黙が流れた。

「本音が出たな」

「違うわ。いいえ、違います。ごめんなさい。今の言葉は謝ります。私、ついはずみで言ってしまったの。本心じゃありません」

涼香は慌てて取り繕うと、逃げるようにして家を出ていった。夜の八時だというのに、これから会社で仕事の打ち合わせをするという。

その後、涼香と和彦の仲は、冷戦の均衡状態になった。お互いに激しく言い争うことがないかわりに、会話が妙によそよそしく事務的で、かつ、お互いに相手の目を見て話すことをしなくなった。そうした中、八月も中旬を過ぎてバリ島行きの日がいよいよ迫ってきたとき、涼香から提案があった。

「私のかわりに、おばあちゃんに行っていただくことにしました。一美はおばあちゃん子だし、それにあなたも、おばあちゃんとは仲がおよろしいようですしね」

「おばあちゃん子か。いつも君はそうやって母親役を逃げるんだな。もういい、わかった。でもまあ、せっかくですからそうさせていただきますよ。楽しみにしている一美が可哀想だしね。まあせいぜい武川副社長と留守をお楽しみ下さい」

涼香の表情が、これまで一度も見せたことがないほど険しくなった。

「失礼なことをおっしゃらないでください。私がこの前言ったことはちゃんと謝ったじゃありませんか。それなのにいつまでも根に持ってそんな言い方をされているのだとしたら、ご自分が惨めになるだけじゃありませんか」

言い終えて、険しい表情が次第に哀しい表情に変わった。

「私、そんなあなたは嫌い……です」


この夏、涼香としっくり行かなくなったことの他に、和彦には、別のやっかいな問題が発生していた。三百万円の私的請求書の山の処理が終わったと報告した和彦に、専務理事の米村はとんでもない難題を投げた。それはリストラ＝「人減らし」である。

バブル経済の崩壊後、協会加盟の各社はどこも苦しい決算が続いていた。バブル期に膨れ上がった人員の整理やコストの切りつめを行い、辛うじて利益を計上してきているのだが、そうした状況がもう三期以上続き、まだ当分は本格的な景気の回復も見込めない中、コスト削減も限界に近づきつつあった。そしてコスト削減の波は、たいした額を拠出しているわけでもない協会にまで及んできたのである。

プロパーの和彦は知らされていなかったが、専務理事の米村が協会各社を回って調整し、その結果、今年度の下期中に、現在の六十人から四十五人体制へスリム化するという目標がほぼ固まっていた。十五名の削減のうち五名は出向者の引き上げにより、残り十名はプロパーの整理である。協会にプロパー社員は三十名いるが、そのうち三人に一人の割合で辞めてもらおうというのである。

和彦を専務理事室に呼び出した米村は、その計画を伝えた。

「詳細な手順を上期中に固めた上で、下期からとりかかる。来年度以降の新体制については企画室が協会各社とすりあわせながら立案することになるが、総務部長の君の担当は、プロパー十名の退職の実行だ」

米村の口調は高圧的だった。裏金作りを頼んできたときの野卑な面影はなく、交渉慣れした役人のしたたかさが感じられた。

「もちろん君は対象外だ。いいね」

と、ニタリ笑って付け加えることを忘れなかった。

和彦はスケジュール的なことを二、三確認しただけで素直に引き下がった。この命令は絶対だということが和彦には即座に理解できた。こうした物分かりのよさが和彦の長所でもあり短所でもある。

協会は、加盟各社からの会費収入と業界事情調査の際の実費補填と会報への広告収入とで成り立っている。そのスポンサーである各社が、協会の体制を六十人から四十五人へと縮減することを決定した以上、来年度からは確実に収入が減るのであり、協会にはリストラに応じるしか選択の余地はない。

しかし汚いやり方だ。プロパーの和彦を総務部長に昇格させたのはこのためだったのだ。同じプロパー職員といっても、プロパーの地位向上を目指していたグループとはかかわりを持たなかった和彦を利用することで、プロパーの中に亀裂を生じさせ、天下り専務理事の自分には直接の攻撃や非難の矢が飛んでこないようにとの魂胆だ。しかも、三十人のうち十人というのはたいへんな数である。プロパー内部には、リストラどころか、和彦の部長昇進をバネに協会内部でのプロパーの地位をもっと向上させ、いずれはシンクタンクとして完全独立しようとまで夢想している連中もいるのだ。私的請求書を裏金で黙って処理したことで役に立つと評価されたのだろうが、和彦にとっては迷惑な話だった。元々、出世欲などないのである。ましてや、学生時代に新左翼系活動家の端くれにいた文学部崩れの自分が、人員整理する側に回るなどとは思いもよらぬことだった。

和彦は暗澹たる気持ちになった。だが一方、これが我が身に降りかかった禍であるにもかかわらず、どこか他人事のように高みからの見物者気分でいる自分がいることを見出し、不思議な気分にもなっていた。

人口の九割が回教徒のインドネシアの中で、バリ島だけはヒンドゥー教の島である。土着神と融合したヒンドゥーの神々が島中に溢れ、いたるところに小祠がある。そこでは、神々や祖霊はもちろん、下界の悪霊にまで供物が捧げられ、独特の匂いを醸し出している。

八月の月末近く、和彦はそのバリに着いて三日目を迎えていた。初日、二日とクラブメッド内でゆっくり過ごし、今日は、車をチャーターして島の中へ出かける計画である。車はベモ・チャーターと呼ばれるミニバスを借り切った。タクシーよりかなり割高だが、運転手を除いて六人乗りの車内は三人でならゆったりくつろいで乗っていける。三人はクラブを出てすぐ隣のヌサ・ドゥア・ビーチホテルに立ち寄った。ヌサ・ドゥア地区はバリ島の中でも租界的に開発されたリゾート地区で地元の住民は勝手に立ち入ることが出来ない。ヌサ・ドゥア・ビーチホテルはその中にあって最初に出来たリゾートホテルで、ヒンドゥー独特の割れ門のエントランスを入ると、茅で葺いたロビーの屋根がバリ独特の風情を漂わせている。三人は昼食をそこで取り、しばらくホテル内を見て歩いたりロビーで休憩したりした後、バリ島の州都デンパサールに向かった。

デンパサールに着いたのは午後三時過ぎで、日差しは少し傾きはじめていたが、それでも町は、車とバイクの排気ガスと騒音と、ごった返す人の群で耐え難いほど暑い。三人はまず、ヒンドゥー教の最高神サンヒャン・ウィディ・ワサを祀るジャガトナタ寺院へ行き、耳門から中に入った。境内中央にはパドマサナと呼ばれる宇宙を形象化したという多層の塔が立っており、そのてっぺんには最高神の黄金の像が祀られている。パドマサナの塔の台座には、巨大な蛇が亀に噛みつく姿が浮き彫りにされている。宇宙の全ては、その蛇と亀との微妙なバランスの上になり立っているというのがバリの宇宙観である。

次に、川沿いに開かれたバドゥン市場に出かけた。観光客用ではなく、地元民用の主に食品を中心とする日用品市場だ。ところが、車を降りたとたんに、二人の中年女がまとわり付き、一美に、

「カワイイ、カワイイ」

と連発しつつ、いつの間にか押し掛けガイドになってしまった。それでも、自分たちだけではとても入ることにためらわれる市場の裏の方まで案内してくれたのだが、

「この匂い、もう嫌」

と一美が言いだしたため、市場を早々に出ることにした。実際、煮豆が腐ったような、あるいは雑穀のすえたような匂いには和彦も閉口していた。

「私もなるべく息をしないようにしていました」

と文子も真顔で言った。

車まで戻った時、勝手ガイドの二人がチップを要求してきた。和彦は千ルピア紙幣を出しそれぞれに渡そうとしたが、

「ノー、ヤスイ。ニマン、ニマン」

とすごまれた。法外な要求だったので、駄目だと断ったが、彼女らはしつこい。車のド

ア の前に立ちはだかって、開けさせようとしない。結局、二人に計一万ルピア（五百円）で折り合ったが、やはりこれでも払いすぎだろう。ベモ・チャーターの運転手は、我関せずという感じで横を向いていた。

和彦は自分でも押しが弱いなと思う。交渉が苦手なのだ。つい、自分を納得させる理由を付けて折れてしまう。この場合は、日本の感覚で三人分のガイド料五百円はたいした額ではないし、子供と年寄りを連れていては強く交渉できないという理屈で自分を納得させたのだが、一事が万事この調子だ。良く言えば、頭の良いエリートの無理をしない処世術だが、所詮、負けたと認めたくないための方便でしかない。這いつくばっても、多少理にかなっていなくても頑張るという根性はない。

市場《バザール》に値切り負けたる炎暑かな

デンパサールを出ると、次に中部の村ウブドゥへ向かった。バリ舞踊を見るためだ。ヌサ・ドゥアのホテルでもバリ舞踊のショーはあるが、やはり一流は、この山の中の小さな村ウブドゥでなければ見ることが出来ない。ウブドゥはバリの芸能の中心地で、毎日、村の何処かで、島のあちこちからやってきた舞踊団が上演している。三人のお目当ては、美少女ジュリアテイを擁するグヌン・サリ舞踊団である。上演が始まる前にあらかじめ配られた日本語による解説であらすじを覚え、あとは華麗な衣装とゴムランの神秘的な音楽にひたすら酔いしれた。

クラブに帰り着くと夜の十一時を過ぎていた。一美も文子もそうとう疲れた様子だった。三人の部屋は二部屋続きのコネクティングルームである。それぞれの部屋にベッドが二つとシャワーが付いている。一美と文子が別々にシャワーを浴びているとき、部屋の電話のベルが鳴った。

和彦は、たぶん涼香からだろうと思いつつ受話器を取った。電話の向こうからいきなり、くすっと笑う声がして、

「鮎子です」

鮎子はプール横のメインバーのカウンターに背をもたせかけて待っていた。照明が青白く夜のプールを照らし、風でさざ波が立つプールの面が光をゆがめ、その反射光が鮎子の身体の上で揺れていた。

「信じられないよ」

「ご迷惑？　そんなことはないわよね。だって、期待していたからこそ旅行のスケジュールを鮎子に教えてくれたんですものね」

鮎子は深緑色の地に白い花をモチーフにしたワンピースを着ていた。緑は鮎子のお気に入りの色であり、白い花のあしらいはバリの定番のデザインだ。

バーのカウンターの奥からボーイがたどたどしい日本語で、

「ハイ、ドウゾ」

と声を掛け、トロピカルフルーツを添えたカクテルを二つ、二人の前に置いた。

「払って下さる？」

和彦は、このクラブの中だけで通用するバービーズをボーイの前に置いた。ボーイはビーズの輪の中から黄色の玉を十個はずし、残りを返して寄越した。

「鮎子が特別にお願いしたスペシャルカクテルなの」

鮎子はさっさと歩き出した。和彦はカクテルを二つ持って後を追った。プールサイドを抜け、ヒンドゥー教の神像がいくつも並ぶ椰子の林の中の道を百メートルも歩けば、クラブのプライベートビーチへ出る。

「スペシャル？」

「ん？」

「地酒のアラックとブルムをベースに、トロピカルフルーツの果汁を加えてもらったの」

「アラックは男の酒。アラックの原料は椰子の樹液。椰子の木はそもそも男のシンボルでその樹液は白。そして、ブルムは黒米に麹を振りバナナの葉で包んで発酵させた赤い酒。稲の神は女神だからブルムは女の酒というわけ」

前を行く鮎子は立ち止まり、顔だけ心持ちねじるようにして後ろをついてくる和彦に向けた。キスの催促である。和彦は、軽く触れるバードキッスを返した。

「一美ちゃんやお義母さまには何て？」

「ちょっとバーで飲んで涼しい夜風に吹かれてくると言ってある。二人とももう、ぐったりだよ。もう眠ったんじゃないかな」

「たいへんでしたものね。きょうのスケジュール」

「え？」

「和ちゃんは気が付かなかったでしょうけど、今日、鮎子は三人の後をずっとついて行っていたのよ」

「まさか」

「嘘じゃないわ」

鮎子は関空発デンパサール直行便で今日の昼前に着いたのだといった。ヌサ・ドゥア・ビーチホテルにチェックインしロビーでくつろいでいるとき、三人が食事にやってきたのを見かけ、そのまま車で何処かへ出かける様子だったのでタクシーで後を追ったと言う。

「ジャガトナタ寺院で、腰に黄色い紐を巻いて神妙に塔を巡っているのを門の外の道路の向こう側から見ていたし、バドゥン市場の迷路のような建物の中へ和ちゃんが一美ちゃんの手を引いて入って行くのも、片蔭もない市場の前の広場からちゃんと見ていたのよ」

鮎子の使った「片蔭もない」という言葉が、和彦の頭の中に、ふいにある不吉な句を思い出させた。

片蔭もなし死神が蹤き来るよ　（小林康治）

プライベートビーチに着いた。昼間は賑わうこの浜辺も、今はすでに夜の十二時近く、人影は全くなかった。ビーチの照明は両端にあるだけで、真ん中あたりの渚まではその明かりは届かない。二人は、その一番暗い渚近くに置いてあるデッキチェアに並んで腰を下ろした。

「乾杯しましょう」

鮎子のオーダーしたスペシャルカクテルを星空に向けて持ち上げた。思ったよりも甘くて口当たりのいいカクテルだ。

「何て名を付けるつもり？　このカクテルに」

「そうね。（真夜中のアペリティフ）ってどうかしら。二人がこれから味わう濃厚なメインディッシュにふさわしい、すこしきつめの食前酒。それとも、（カズミ・インダ）って付けようかな。インダは美しいという意味よ。もしかして、和ちゃんと鮎子との間に子供が生まれていれば、名前はやっぱりカズミだったでしょうしね」

「悪い冗談だ」

「そう？　そうかしら？　そうね」

鮎子はカクテルを手に持ったままデッキチェアに寝た。和彦も並んで横になった。キングサイズのデッキチェアは、二人並んで寝て夜空を見上げてもまだゆとりがあった。

「レゴンダンス、素敵だったわね」

「あそこにもいたのか」

「そうよ。ずっと後をつけていたと言ったでしょ。デンパサールを出たとき、ヌサ・ドゥアとは反対の方向へ車が走り出したから、ウブドゥへ行くんだってすぐにわかったわ。鮎子は以前、魔法に満ちたこのバリ島に来たことがあるの」

　魔女《ランダ》の裸身真っ赤に染まる夜の
　　精霊は降り悪霊は湧く

と短歌を口にしてみせ、

「最前列に陣取って食い入るようにみつめているんだもの、遠くから見ていておかしかったわ。ジュリアティ嬢の踊りにすっかり虜になってしまったみたいね。俳句は出来たの?」

「幾つかね。でもあのジュリアティ嬢はまるで魔性の化身のようだった。指先の微妙な動きや反り、見開いたまま瞬きを全くしない目には魅せられた」

「鮎子の耳にも、まだあのガムランの響きが残っているわ」

鮎子は顔を和彦の方へ傾け、耳に息を吹き込むように囁きかけた。

「鮎子が一番気に入った演目は『チャンドラワシー』だわ。二羽の極楽鳥に扮して極彩色の衣装で華麗に舞う二人の美女と、夢幻的で沸き立つようなガムランの響き。鮎子は一度でいいから、あのガムランのフルオーケストラの真ん中で、二羽の極楽鳥に囃し立てられながら和ちゃんと「愛」をしてみたい」

「それはとてつもなく淫らなアイデアだ。だが、そんな風に神を冒涜したら罰が当たるだろう」

「鮎子がいったい何のために、たった一晩だけのバリにやってきたと思っているの。罰なんて怖くないわ」

カクテルを飲み干しグラスを砂の上に放り出すと、鮎子は和彦の上に馬乗りの姿勢になった。カクテルのベースになった男の酒アラックは蒸留酒なのでアルコール度数が高い。しかもかなりの量が入っていたのだろう、鮎子はすっかり酔ったようだ。和彦も身体に火照りを感じてきた。

仰向けに寝た和彦は、自分に跨っている鮎子の身体が透けて、美しい南国の星々で飾られているのを、不思議な心地で見つめていた。ひときわ明るい南十字星が、いま鮎子の額の辺りに輝いて見えた。

「アユ」

「ん？」

「君は本当に鮎子なのか？」

「どうしてそんなことを聞くの？　鮎子の顔、身体、声。むかしと何処か違うとでもいうの?」

「そうじゃない。逆だ。何もかも同じなのが不思議なんだ。歳も、僕と二つしか違わないはずなのにとても若そうに見える」

「どれくらいに?」

「三十二、三くらいに見える」

「この前、蟹田で言ったはずよ。鮎子はあの絵の中にずっとフリーズしていたんだって」

鮎子は和彦の唇に自分の唇を強く重ね、舌を絡み合わせる濃厚なキスを長く続けたあと、急に身体を離して立ち上がった。

「和ちゃん、見て」

鮎子は来ていたワンピースを裾からまくりあげて頭から脱ぐと、隣のデッキチェアの上に投げた。両手を大きく広げ、高くさし伸ばした鮎子の上半身が、南半球でしか見ることの出来ない孔雀座の星々と重なり、美しく透けて見えた。

「バリの浜辺では、ワンピースの下には何も身につけてはいけないのよ」

美しい顔、細い首と肩、豊かな胸とくびれたウェスト。翼を広げる孔雀座の星々に縁どられた鮎子の上半身は、完璧な美の造形物だ。そして驚いたことには、臍から下の下半身が、水から上がったばかりの人魚のように濡れて溶け出し、和彦の下半身に溶けこんでいるではないか。二人の身体は、単に繋がっているのではなく、一体と化して境目が無くなりつつあった。星明りのせいで透けるように青く、まるで蛍光しているかのようだ。一つに溶けて融合していく快感は、和彦がかつて経験したことのない、悦楽の秘世界だった。

星の数はまた一段と増え、南十字星は涼しく冴え渡り、しきりと星が流れた。その星明りに照らされ、二人は鮎子を上にして徐々に溶け合っていった。魔法に満ちたバリの星空の下で、宇宙もまた二人と一体になったような不思議な感覚と快感だ。それはまだ耳に残っているあのガムラン音楽のせいかもしれなかったし、脳裏に焼き付いている『チャンドラワシー』の極彩色の舞のせいかもしれなかった。鮎子が蛇で、亀の和彦を深く咬み、至福のバランスの上に二人はいた。

「このまま命が星空に吸われてしまいそうだ」

あるいは、このまま果てれば、和彦の魂はアラックの樹液となって迸り、鮎子の胎内の奥深くに吸い込まれて、女体の宇宙に閉じこめられてしまうかも知れない。南の夜空の星座たちはサザンクロスを中心に初めはゆっくりと、そして次第に回転を速め、ラグーンを越えてきた波はパイプラインとなって快楽の頂点で砕け、白濁した波は身体から溶け出した愉液と混じり合い、二人をその泥濘に溺れさせた。

どれくらいの時間がたったのだろうか。和彦は波音が次第に迫って来る感覚に囚われ微睡みから目覚めた。側に鮎子が座っていた。

「和ちゃんからどくどく波打つように「愛」を注ぎ込まれるのって、この上もない快感だわ」

　鮎子が和彦の顔を覗き込むようにしてキスをした。

「寝落ちたのかな？」

「そう、ほんの少しだけ」

「アユとだと身体の興奮が違う。高ぶりすぎてその後の谷が恐ろしいほどに深く、辛い」

「飲む？」

　鮎子がカクテルを差し出した。

「バーまで行って来たのか？」

「ええ。これはノンアルコールの「オアシス」。グレープフルーツとソーダが爽やかでしょ。のどの渇きを癒してくれるわ」

　和彦はストローで一口吸った。たしかに名前通りの飲み心地だった。奈落の底から、あるいは渇水地獄からこの世に蘇った心地がした。

「やっぱり今日の昼間のドライブで疲れたのかもしれない。それにこのところ妻の涼香とは上手くいってないし、仕事で気苦労が多いし。この前なんか……」

　言いかけた和彦の口を鮎子の手が塞いだ。

「そんな話、聞きたくない。奥様と上手くいこうといくまいと、仕事がたいへんだろうとそうでなかろうと、鮎子には関係ないわ。蟹田で鮎子が言ったはずよ。鮎子には和ちゃんの一番美味しいところだけちょうだい、後の部分はご家庭に置いておいて下さいって」

「僕の一番美味しいところって?」

「聞きたい?」

「ああ、ぜひ聞かせてくれ」

「じゃあ特別に教えて上げる。それはね……」

鮎子が顔を和彦の顔に近づけて、

「性愛の巧みなところよ。鮎子の身体が喜ぶの」

と唇を重ねた。

「奥様も一緒にバリに来てればもっとよかったのにね」

「え?」

「スリルがあったでしょうね。きっと」

「……」

「いつかそんなスリリングな逢瀬をしてみたいわ」

翌日、クラブ内のキッズメニューで遊んでいたいという一美を残して、和彦と文子はギャレリア・ヌサ・ドゥアという免税店、土産物屋、レストランなどが百店あまりも集積しているショッピングセンターに出かけた。文子と二人で歩いているところは、他人の目からはどういう風に見えるのだろうか。少なくとも、妻を伴わずにその妻の母親とバリに来てショッピングを楽しんでいる婿というのはちょっと想像に難いだろうと思うと、和彦の笑みがこぼれた。

「何かおかしいんですか、和彦さん」

「いえ、こうしてお義母さんと二人で歩いているのが、何だか不思議な気がしまして」

「そうよね。和彦さん、ごめんなさいね。涼香は言い出したら聞かない子なもんだから。わがままに育てすぎました。特に源一郎が甘やかすのがいけないんですよ。和彦さんにも勝手ばっかり言って。このごろはフラワー何とかの会社に夢中になっちゃって」

「僕が役に立たないので」

「あら、和彦さんはそれでいいのよ。男の人は優しいのが一番」

文子は和彦の味方である。涼香が和彦と結婚したいと言い出したとき、頑固に反対する父親の源一郎を口説き落としたのは母親の文子だった。文子は事業に夢中で家庭を顧みない男より、家庭第一に考える優しい男を伴侶にする方が女には幸せであると考えていた。その眼鏡に、和彦は適っているように見えたのである。

「和彦さん、ご自分のお買い物は？」

「ええ、さっき立ち寄った入り口近くの画廊に細密画のいいのがあったんで、どうしようかなと思ってはいるんですが」

「ああ、あの画廊ね。涼香にお土産?」

「ええ、まあ。バリらしい構図の細密画ですが、色調が抑えてあってけばけばしくないんですよ」

「じゃあ帰りにまた寄ってみましょうよ」

文子はギャレリアの中の店に全部入るつもりではないかと思われるほど丁寧に一件ずつ立ち寄り、一度寄った店にまた立ち戻ったりしていっこうに進まない。それでもやっとギャレリアのエントランス近くまで戻り、和彦のお目当ての画廊に入った。

「この絵です」

「あら、ステキじゃない。さすがに俳人だけあって、絵を見るセンスもおありなのね」

手描きの細密画でサイズは新書版ほど。椰子の木の緑蔭に女神が立ちその周りを鳥や獣や男達がうっとりと取り囲んでいる仏教の説法図に近い構図で、バリ絵画にはよくあるパターンだが、色調がバリの伝統絵画には見られないモスグリーンの抑制されたトーンで、斬新な感覚があった。

「いい絵でしょう。でも四千US$もするっていうんですよ」

「あら、こんなに小さいのに。いいわ。私が買ってあげますよ」

文子は値切りもせずにカードで支払った。

「この絵で涼香と仲直りをしてちょうだいね」

和彦はその絵を涼香へのプレゼントにしようと思っていた訳ではなかった。文子が勝手に早合点してしまったのだ。実は和彦がその絵にこだわったのは、その絵の斬新さもさることながら、作者のサインが「AYU」となっていたからだった。AYUというのはバリにはよくある名前らしく、もちろんアユと発音する。文子にその絵を買って貰って涼香への土産とすることには少し躊躇いがあったが、和彦さえ黙っていればAYUが鮎子に通じるなどということはわかるはずのないことだ。むしろ素直に文子の好意に甘えることにした。

ギャレリアからの帰り、二人は昨日と同じくヌサ・ドゥア・ビーチホテルに立ち寄った。文子がそのホテルのブティックに行きたいと言い出したからだが、同時に和彦としては、もしかしたら鮎子に会えるのではないかという期待もあった。文子がブティックをのぞいているわずかな時間に、和彦はフロントで鮎子が部屋にいるかどうか尋ねてみたが、もうすでにチェックアウトした後だった。鮎子が昨夜、バリにいるのは一晩だけだと言っていたのは本当だった。

バリ最後の日。文子は一美を連れてもう一度ギャレリアへショッピングに出かけていった。帰国の支度は二人が戻ってきてからにすることにして、和彦は句帳を持って海辺へ出かけた。
プライベートビーチでは十人ほどの人影が、木陰にデッキチェアを置きトップレスで昼寝を楽しんだり、遠浅の海でたわいもない水遊びに興じたりしていた。和彦はデッキチェアを木陰に置き、乾期の涼しい海風に身を曝しながら、さまざまに俳句を思い浮かべた。
南国に死して御恩のみなみかぜ (攝津幸彦)
この海でむかし戦争があり、多くの命が散華したことが信じられない爽やかな風だ。戦争が幻だったのか、それとも今の平和が幻なのか。そして信じられないと言えば、一昨夜この浜辺で鮎子と濃密な夜を過ごしたこともそうだった。あれは幻だったのだろうか、それとも、そのことを思い出している今の自分こそが幻なのだろうか。どちらも現実感が薄く、心が定まりなく浮遊している感覚にふと捉われるのだった。

部屋に戻ってシャワーを浴びていると、突然、電話が鳴った。鮎子からだと直感した和彦は、裸のままでシャワールームから出て、受話器を取った。

「ミスターフジムラ? コール、フロムジャパン」

ホテルの男性オペレーターの事務的な声がした。鮎子がデンパサールからジャカルタ経由で成田空港へ着いた時刻である。着いてすぐの電話だなと思った瞬間、

「私です。涼香です」

と、低く押し殺したような声がした。しかもその声は、今まで和彦が一度も聞いたことのない暗さだった。和彦は一瞬ひやっとするものを感じたが、努めて明るい声を返した。

「やあ涼香。今から帰り支度をするところだよ。日本は蒸し暑いだろうね。こっちは湿気がなくて最高だ。やっぱり君も一緒に来るべきだったね」

涼香はすぐに返事をしなかった。少しの間、言葉を選んでいるような沈黙があった。

「私が一緒でも、同じことをなさったかしら？」

「え？」

「あなたに取り憑いているものの正体がわかったわ。なんて酷いことをする人なの、あなたって人は」

和彦は、涼香は鮎子のことを言っているのだと直感した。しかしあくまでとぼけて、さっぱりわからないというような笑い混じりの明るい声で、

「いったい、何のことを言ってるんだい？」

「お帰りになったら、ゆっくりと聞かせていただきます」

それだけ言うと、涼香は一方的に電話を切った。和彦はツーッ、ツーッと鳴る受話器の機械音を聞きながら、呆然と立ちすくんだ。滑稽なことに裸のままだった。涼香はストレートな表現は避けたものの、和彦の隠し事を知ってしまい、その裏切りに対する怒りを抑えきれずに電話してきたという口振りだった。

「私が一緒でも、同じことをなさったかしら」の「同じこと」とは、一昨日の夜の浜辺での鮎子との密会のことを言っているのだろうか。しかし、それが涼香にばれただなんてあり得ないことだ。文子が目撃していてそれを涼香に連絡したのだろうか。しかし、昨日と今日、文子と一緒にいたけれども気付いている様子は全くなかった。文子でなければ一美という線も考えられなくもないが、やはりそれも違うだろう。そうだとすれば、けっして涼香に鮎子とのことが知られるはずはなく、涼香は別なことで怒っているのだということになる。

そもそも和彦の手前勝手な定義によれば、自分は涼香を裏切る気などさらさらないのだ。喧嘩状態のまま旅行に出て一度も電話も寄越さないことにでも腹を立てているに違いないと、和彦は努めて楽観的に考えようとした。

第七章 九月尽

逢はぬ日をかぞへてさびし二日三日
四日五日にもなりにけるかな　　　川田　順

ＣＩＱチェックを終えて外へ出たのはまだ午前九時前だが、成田空港は茹だるような残暑だった。一美は当然、母親の涼香が迎えに来ているものと思い探し回ったが、涼香はいなかった。

「きっとママは忙しいのよ」

文子が一美をなだめた。

「だったら、メールででも連絡すればいいのに」

一美の顔はみるみる曇った。

三人の乗ったワゴンタクシーの冷房は、外の暑さが激しくあまり効いていない。それでも、文子と一美は後部シートでぐっすり眠ったが、和彦は助手席で、涼香の怒りにどう対処したらいいか考えあぐね、成田から二時間以上をかけて世田谷代田の自宅にたどり着くまで、まどろむこともなかった。

門を入るとすぐ脇が車庫だが、そこに涼香のアウディがない。涼香はアウディの他にローバーのミニも持っており、近場を乗り回すときはそっちを使う。そのローバーは車庫に残されており、アウディがないということは遠出を意味していた。

「空港へ迎えに行ってくれて、行き違いになったんじゃないかしら」

誰に言うともなく言いながら文子は、一緒に和彦たちの家に入った。玄関の鍵を開けて中に入ると、驚いたことに冷房が入っていた。

「涼香も気がきくじゃない」

外は蒸し返るような残暑であり、出かける前に冷房を入れっぱなしにして置いてくれたのは何よりの配慮と言うべきだろうが、

「切り忘れたんじゃない」

という一美の突き放すような言葉に、和彦もむしろその可能性を思った。昨日バリ島にかけてきた電話の様子だと、涼香はかなり動転した状態にあり、冷房を切り忘れて出かけても不思議ではない。

冷たいものでも飲もうとキッチンに回った和彦は、テーブルの上に涼香の置き手紙があるのを見つけた。「一美ちゃんへ」と宛名されていた。

空港へ迎えに行けなくてごめんなさいね。

お仕事で、二、三日、軽井沢へ行って来ます。ママより
軽井沢へ行くというのは、友人の会社の別荘のことだろう。

「お帰りになったら、ゆっくり聞かせていただきます」と脅しのようなセリフで電話を切ったくせにと和彦は思いつつも、詰問が二、三日先に伸ばされ、正直ほっとした気分になった。

和彦は二階の自分の部屋に入った。ここは茹だるような暑さだった。部屋の奥の窓際の机の上に一週間の留守の間の郵便物が置いてあるのが目に入った。涼香が置いてくれたのだろうが、ふだん涼香は、和彦の部屋にはごくたまの夜の交わりの時のほかに入ってくることはない。涼香が郵便物をわざわざ部屋の中へ入れておいてくれたことも異例なら、机の上の片づけ方といい、フローリングの床に無造作に積んである本の重なり方といい、何かいつもと違う感じがあった。それは涼香が何か捜し物をし、そのことを気付かれないように巧妙に元通りにしておいたことがわかる違和感だった。涼香はプライドの高い女で、そんなことが似合う女ではない。今日、涼香が慌てて出ていった気持ちがわかる気がした。涼香自身、そんなことをした自分が許せないのだろう。

机上に積まれた郵便物は、この一週間の旅行中に届いた句集や同人誌、俳句関係の手紙やハガキ類ばかりだった。差出人を確認し、礼状など書かなければと思いつつ、ふと机上のパソコンに視線を移すと、キーボードの上に冷房のリモコンを重しにして、数葉の紙が置いてあるのが目に入った。

和彦はそれを手に取ってみた。一番上は涼香の走り書きのメモで、私はとても混乱しています。

これは裏切りです。

とわずか二行ほど書かれてあった。

その走り書きのメモの後ろに、数葉の書類と、一枚のＦＡＸが付いていた。その書類は何かの報告書のコピーで、ＦＡＸはその「追記」である。

表紙のタイトルを目にした和彦の胸に衝撃が走った。タイトルが「藤村和彦氏の素行調査に関する報告書」となっているではないか。そのコピーを取る手、表紙をめくる手が震えた。本文がひどく出来の悪い日本語であることも和彦を苛立たせた。コピーの何か所か黒マジックで塗りつぶされており、前後の文脈からするに、それは依頼者あるいは情報提供者の名前が記載されている部分だと思われた。

そこには、和彦が、山口県美川町の旅館「福田屋」に若村鮎子と投宿したこと、若村鮎子はかつて和彦と結婚まで考えた深い仲の恋人だったこと、その他、彼女の住所などが記されていた。本文に添えられた二枚目の紙は「福田屋」の宿帳のコピーだった。それには明らかに和彦の筆跡で、和彦の住所と名前が記され、そして同宿者の欄には「妻・鮎子」と書いてあった。和彦はその宿帳に見覚えがある。自分が「福田屋」で記載したものだ。

そして更にもう一枚、別に付いていたＦＡＸの方には「追伸」のスタンプが押され、バリ島で、和彦たちが滞在していたクラブの隣にあるヌサ・ドゥア・ビーチホテルに若村鮎子がチェックインしていた事実が報告してあった。

涼香がバリ島に電話をしてきたのは、この報告書のコピーを見たからに違いない。誰かが探偵社に依頼し、その報告書のコピーを涼香に渡したのだ。すぐに疑わしい一人の人物が浮かび上がった。涼香のビジネスパートナーであり、涼香に特別の興味を抱いているに違いない武川である。

和彦は暗澹たる気分になった。


「読ませてもらった。基本的にはこの君の案通りでいいが、ただ一つだけ修正させてもらった」

専務理事の米村がテーブルの上に書類を投げ出しながら言った。その書類は和彦が提出した人員整理に関するレポートである。リストラ・人員削減の進め方についての三枚ほどのレジュメに、プロパー職員三十名全員の身上書を添付したものだが、一つ重要な点に修正が入っていた。それは、希望退職を募る一方で、専務理事がそれと並行してプロパー職員の面談を個々に複数回行うという、いわばリストラの推進者を専務理事とする部分である。その面談責任者、すなわち人員削減の現場の責任者が、専務理事から総務部長に訂正してあった。

「私もプロパーですから、やはり面接責任者は私でないほうがいいのではと思いますが」

「こうすればいいのかね」

米村はプロパー三十名の身上書の中から和彦のページを引きちぎった。

「君はリストラ対象外だと言って置いたはずだ。いずれにせよ、プロパーのことはプロパーに任せる。君が適任だ。まあなるべくなら、指名解雇だの降格・減給による嫌がらせ解雇などしないで、穏便な希望退職の線でまとまるように努力してくれたまえ。君の手腕に期待しているよ」

「しかし」

和彦の反論を押しとどめて更に米村が、

「君にとってもチャンスなんだよ。君の部長昇格を快からず思っているプロパーもいるというじゃないか。その辺を首にできる絶好の機会だし、首にしないまでも降格や配置転換なんかで君の力を見せつけて、二度と逆らえないようにしてやればいい。しかもこのリストラ策が成功すれば、君が最大の功労者だ。プロパーとして初の理事ということにもなろう。たぶん私の後任が役所から来るにしても、この協会の実権は実質的には君が握るも同然ということじゃないのかね」

「そんなことは、私は別に……」

「ともかくこれは命令だ。面接担当者は君だ。そして人員削減の責任者も君だ。あとの君の提案のうちの割り増し退職金など費用的な面は、私が会員各社に図ってみる。役割分担だよ。いいね」

　こうして人員削減案はほぼ固まった。

「それにしても見事な案だ。さすが、私の見込んだだけの男だよ、君は」

　骨子は、十月初旬に十名の希望退職者募集を開始、締め切りは十二月末まで。この間に申し出のあった者には年収の二分の一を退職金に上載せして支給する。そしてこの間、総務部長による個別面接を週に一回の割合で、十二月の締め切りまでに十二回行ない、更に、十二月末までに希望退職者が十名に達しない場合には一月末まで延長し、それでもまだ十名に届かない場合には、それまでの個別面談の結果に基づいて指名退職者リストを作成し、個別に退職勧告を行うというものである。

「だが、住宅ローンや教育ローンを抱えている身には大変なことだ。うまくやってくれたまえ。ところで、藤村部長は資産家のお嬢さんと結婚して優雅な暮らしぶりだそうじゃないか。羨ましい限りだよ」

　和彦は住宅ローンどころか生活費の負担もほとんどなく、給与の大半を自分の小遣いに宛てている。わずかに家庭的な経費を負担していると言えるのは、娘の一美を受取人とするかなり高額な生命保険に加入してその保険料を払っているくらいのものだ。そんな暮らしぶりの男が、天下り先をまだ転々とするはずの役人ＯＢと一緒になって首切り側に回っているのだ。

がした。

「理不尽なことだ」
と和彦の脳の後ろの方から、前頭葉の先っぽで小器用に振舞っている自分自身を罵る声

涼香は軽井沢行きを二、三日と書き置いて出ていったものの、結局帰宅したのは五日もたってからだった。五日というのは頭を冷やすには充分な長さのはずだが、

「おかえり」
と和彦が、玄関先で恐る恐る涼香に声をかけても彼女は返事をせず、視線すら合わせなかった。

それらは、涼香の方から折れる気がないことを示していたが、涼香にも一つの弱みがあった。いったい誰が探偵社を使ったのかという点である。報告書のコピーは自宅の郵便受けに投げ込まれていたが、実は誰が依頼したのか知らないのだ。おそらくは副社長の武川に違いないとは思うものの、百パーセントの確信ではない。たしかに、武川の日ごろの態度からして疑わしいし、和彦の旅行スケジュールを武川に話した記憶もある。涼香が武川の協力を得るために、やや色仕掛け的な素振りを見せたことが全くないとも言い難い。

「許せない」
と思いつつも、そのことは、和彦が自分を裏切って愛人と旅行を重ねていたことと同じ

くらいに、涼香を混乱させていた。

和彦は、バリ島から戻ってから九月、十月と二ヵ月の間、鮎子とは逢わなかった。ただ、逢わない代わりに電子メールでのやりとりは以前にも増してひんぱんになり、和彦がメールを入れると、深夜でもすぐに鮎子からメールが戻って、ほとんど明け方近くまでやり取りした。やり取りするメールには、鮎子は短歌を、和彦は俳句を添えたし、俳句や短歌のついての議論も交わした。

黒柘植の数珠のちぎれし春の闇

と和彦が俳句を送ると、

「これは俳句だともったいないわ。七七に気分をこめて、短歌にしてこう詠むべきよ」

黒柘植の数珠のちぎれて海に散るそんな気分の夕べなるかな

と鮎子がメール返し、

「無駄な七七だ。思いは述べるものではなく、読み手に投げて、解釈はゆだねるものだ」

「選は創作なりって言いたいんでしょうけど、なんとも時代遅れの考え方だこと。自己が確立していない、近代以前の幼稚な文学作法よ。思いは述べてこそ伝わるの。曲解されて名作になるなんて、ばかばかしいとは思わないの?」

と幾度も幾度も、結論の出ない、世の中に対して全く無駄で無益な議論を延々とメール交換し続けた。

　和彦にとって、メールを書く時、そしてその返信を読む時だけが、涼香とのトラブルも仕事の気苦労も忘れることが出来る時間だが、深夜あるいは明け方近くまで続くやり取りは、もうけっして若いとは言えない和彦の体力を確実に消耗させた。

　ところが十一月に入り、突然、鮎子からのメールが来なくなった。それまで一日に数十回もやり取りすることもあったメールが、ぷっつり止まったのである。和彦は、何度も何度も催促のメールを打ち、あるいは、天羽菜穂子の所属する短歌結社『天雷』気付にして手紙を出してみたり、のこのこ出かけてみたりもした。

「せっかくお出でになられたのに、無駄足でしたね。申し訳ありませんが、私ども編集のスタッフも、天羽菜穂子さんの住所は知りません。連絡は渋谷郵便局の局留めでお出ししているようなわけですから」

『天雷』のスタッフは憐れむような、あるいは、うさん臭いものを見るような目で和彦を見下した。

　そして、そのまま三週間近く連絡が付かないまま、十一月も半ば近くになってしまった。

　和彦にはしかし、なぜ返事が来ないかの心当たりがあった。これまで、二人の間のやり取りには家庭や仕事のことには触れないという暗黙のルールがあり、蟹田で、そしてバリ

島で、鮎子は、

「和ちゃんの美味しいところだけをちょうだい。その他の部分はご家庭に残しておくといいわ」

と、和彦が家庭や仕事の愚痴を持ち込むのを巧みに封じていたのだが、このごろの和彦のメールの中にそうした愚痴が入り込み始めたのを感じた鮎子が、警告の意味で返信をストップしたのだ。こうして、近づいたり離れたりを、再会以来、何度か繰り返されるたびに、和彦はいたたまれない焦燥感に包まれ、ますます鮎子の虜になっていった。

　蝕まれていく心の痛手を癒すため、また家にも居づらいこともあって、和彦は久しぶりに句会に出かけてみようという気持ちになった。


　根津句会の会場まで、和彦は東大の学内を抜けて行った。昨夜の急な冷え込みで結ばれた露が、葉を散らして裸木となった並木の銀杏の幹を流れ、涙痕のような黒い縦長の染みを作っていた。ときおり風が木々の梢を吹き、枯れ色に染まり始めた植栽の草木の上に、枝先の露をこぼした。冬の到来はもう間近だった。

　仕事も家庭も暗礁に乗り上げたこの時期に、鮎子とまで連絡がつかなくなったことは何とも辛い。メールの返信は来なくても、深夜まで何通も出し続け、あるいは返信を期待して明け方近くまで微睡みながら起きていたりしており、精神的にも肉体的にもかなり参っているのが自分でもわかる。そんな中、もう一つの楽しみであり、最後の安らぎでもある句会に出かけてみようと思ったのだ。

和彦は、俳句の楽しみは句会そのものにあると思っており、『海神』の本部例会や根津句会の他、所属結社を超えたいくつかの句会に積極的に顔を出していたが、一年ほど前に鮎子に再会して以後、二人だけで逢うことがほとんどになって、句会から足が遠のいていた。句会や『海神』の編集会議を口実に週末に家を空けても、実はその全てを鮎子と過ごすか、鮎子に関する調べ物をしていた。もちろん、その間も欠席投句は欠かさなかったし、『海神』で担当しているエッセイの原稿も締め切りを遅れたことはなかったが、弓哉にメールで近況を伝えることの他には、井上主宰をはじめ『海神』の主要幹部の誰とも連絡を取っていなかった。久々の句会とその後に続く飲み会で、このところの仕事と家庭の憂さを晴らし、鮎子と連絡が取れない苛立ちもしばし忘れようと期待しての参加だった。

句会場のあるビルの三階まで登り部屋のノブに手をかけると、中から陽気な笑い声が聞こえてきた。心が洗われるような気持ちになってドアを開けた。

「こんにちは。どうもみなさんお久しぶりです」

井上主宰の「やあ、よくいらっしゃいました」という常套句や、大村弓哉の「ひさしぶりーーー!」という調子外れな声や、他の女流たちの人懐こい笑顔に迎えられるものと和彦は当然期待していた。

ところが、和彦が中へ一歩踏み入れたとたん、それまで賑やかだった話し声が一斉に止んでしんとなり、みんなの視線はちらと和彦を一瞥しただけですぐに机上に落ち、誰一人声を発しなくなったのである。

和彦は一瞬、棒立ちになった。

「どうも」

それでもかろうじて声を出し、幹事に千円札を渡して短冊と清記用紙と選句用紙を受け取り、空いている席を目で探した。以前なら井上主宰の隣の席が和彦の定席だったが、一年も空けていたその席に今日は、最近テレビでも売り出しの女流のK女史が左側に、右側には陶芸家の弓哉がついていた。二人とも顔を上げようともせず、ましてや和彦に席を譲る気配など微塵も感じさせない。

和彦は自分を鼓舞しようと、

「いやあ、どうもご無沙汰をしていまして」

ともう一度大きな挨拶の声を上げ、入り口近くの席についた。もっと上座へと勧めてくれるものは誰もいなかった。和彦は自分が入ってきて何となく気まずい空気になったことをはっきりと感じた。それは、俎上に載せられ笑いものにされている最中に、当の本人が入ってきてしまったような居心地の悪さだった。誰もが、顔を上げて和彦を見ないにも拘わらず視線の端にしっかりと捕らえ、そこに和彦がいることをちゃんと意識していた。

投句が終わり、清記が終わり、句稿が回覧されはじめた。根津句会は井上主宰の厳格な性格もあって、私語の全くない厳粛な雰囲気の句会となる。回覧が進むにつれて和彦は俳句にのめり込んでいき、先ほどまでの違和感は多少なりと薄らいできた。そしておよそ三十分が過ぎ、回覧がほぼ半分のところまで来たころ、突然、井上主宰が和彦に声をかけた。

「和彦さん、よく来てくれました。一年ぶりでしょうか。ちょうどいい機会ですから実はお話したいことがありますので、句会の後でちょっとよろしいかな」

「はい」

選句の途中で主宰の井上が誰かに話しかけるのは異例のことである。選句に集中していた他の参加者も驚いて一斉に顔を上げたが、すぐまたもとの回覧中の清記用紙に視線を戻した。しかし、耳目は確実に和彦の反応やいかにと向けられていた。主宰からの話の内容がどんなものか誰もが知っており、和彦のリアクションに興味津々という空気なのだ。

選句が終わり披講に移った。和彦は久々の参加にもかかわらず、他の参加者の選はもちろんのこと井上主宰にもいくつか選ばれた。好成績である。

句会の最後に井上主宰は和彦の句を選び、評を加えた。

口づけは握手と違ふ冬薔薇《ふゆさうび》

「和彦さんは久々のご出席ですね。一年も顔をお見せにならなかったなんて、驚くばかりですが、まあ、それはさておき、このごろ和彦さんが『海神』に発表される句には、どうも恋の句が多いように思っていたのですが、この冬薔薇の句もどうやら恋の句ですね。それまでは逢っても握手で終わる関係にしか過ぎなかったものが、或る夜を境に口づけに変わったという事柄が提示され、そしてそこに季語として冬薔薇が配してあります。なかなか面白い句だとは思いますが、はたして季語として「冬薔薇」が適切か、要するに他の季語に置き換えられるのではないかと考えたとき、ちょっと句として完成度が低いような気がしますね。すなわち、俳句では「季語が動く」と言いますが、他の季語でもっといいのがあるかもしれないという点において、まだ推敲の余地ありという句でしょう。ただ、上五、中七が恋に落ちたかもしれない危うい心情をよく表していると思いますので、季語をさらに深く考え抜かれれば、もっとよい句になると思います。たとえば「冬銀河」ではどうでしょうか。握手から口づけに変わったその夜は、冬の銀河が美しく流れる夜だったというように。まあ、冬銀河は一例ですから、ご自身でじっくりお考え下さい」

井上主宰が会員の句に対して添削することは極めてまれであり、この句に対して手放しで褒めているわけではない評だが、このごろ恋の句が多いという指摘はむしろ和彦を喜ばせた。このところの俳句は、鮎子宛のメールに添付するために作っているものがほとんどで、『海神』への毎月の投句もその中から選んで出していたのである。

句会は予定通り終わった。和彦は主宰選を受け講評までもらうという好成績だが、最後までしっくりいかない句会だった。

「ちょっとこっちへ」

井上主宰が窓際に椅子を二つ置いて和彦を招いた。大学の先生だっただけあって、年下の人間とも気さくな感じで話す要領を心得ている。和彦は勧められるままに椅子の一つに腰を下ろした。会場は学生俳人たちの手で片づけが進んでいたが、弓哉はと見れば、和彦の方へ視線すら向けず四、五人誘ってさっさと出ていってしまった。それは明らかに和彦を避けている様子であり、二次会に誘うつもりのないこと、誘わないどころかついてきて欲しくもないことを如実に示す態度だった。

弓哉たちを目で追う和彦を見ながら、井上主宰が切り出した。

「和彦さん、実は『海神』の紙面を思い切って刷新しようと思ってね。今の紙面構成はもう三年も続いているので、マンネリを指摘する声もあり、見直しをみなさんにお願いしていたんですよ」

そのとき、女流俳人のK女史が椅子を持って来て側に座り、

「先生、その先は私から申し上げますわ」

と割り込んできた。

「和彦さん、実はもう新しい紙面構成案は出来ていて、来月号からスタートするんです。

それには和彦さんのページは予定されておりません」

「それは、私がこれまで書いてきた「俳句とエッセイ」のコーナーはなくなるということですか」

「ええ、あれに代わるものとして、来月号からは大村弓哉さんに「同人作品鑑賞」のページを新たに作って担当していただきます。和彦さんの文章は上から目線で偉ぶっていると評判がよろしくないのを、井上主宰がそういう不満を言う方々を宥めて三年間も連載を続けることが出来たんですが、もうそろそろ限界ですし」

評判が悪いというのは初耳だった。むしろ毎月、そのエッセイが載る度に感想を寄せてくる同人や会員も少なくないのである。

「それはもう決まりなんですか？」

「さっき申し上げたように来月号からです。和彦さんからは来月分と再来月分の二回分のエッセイを編集部の方がお預かりいたしておりますけれども、ボツにさせていただきます。必要なら原稿はお返しします」

「何と無礼な」と怒りがこみ上がった。来月号からならもっと前に決まっていたはずである。それを今まで黙っておいて、ボツにすることがわかっている原稿を二ヵ月分も書かせていたのだ。こんなに人を馬鹿にしたやり方はないだろうと食ってかかりそうになった。

「そんなわけだ。和彦君。これまで長いことご苦労様。これからはエッセイに割いていた力もみんな俳句の方に向けて頑張れば、ますますいい句が作れるよ」

「しかし……」

「それから、もう一言、人生の先輩の苦言として聞いてくれたまえ」

和彦の反論を遮って井上主宰が続けた。K女史が皮肉な笑いを浮かべながら側で聞いていた。

「我々は俳句仲間であって、プライバシーに拘わることは関係ないと君は反論するかもしれないが、君は最近、歌人の天羽菜穂子さんと親しい関係にあるそうだね。親しいというより、『天雷』の編集部宛てにしつこく手紙を出したり、押しかけたりと、ストーカーまがいのことをしているという噂も、私の耳には届いている。正体不明の歌人を追っかけまわす時間はあっても、句会には来られないということはあるまい。それに君にはちゃんと妻子があるんでしょう。プライバシーは関係ないと言うならそれはそれで結構。しかし『海神』にはそういうふしだらな人間はいらない。スキャンダルに寛大な結社はいくらもあるし、むしろそれを売り物にしている主宰のいる結社の方が君にはむいているんじゃないかね。とにかく、虚子先生直系の紫嶽先生からお預かりした由緒正しい『海神』に、ふしだらなのか、ストーカーなのかは関係なく、スキャンダルはご法度ですから」

和彦は愕然とした。天羽菜穂子とのことを井上主宰に知られていようとは夢にも思っていなかった。これまで一度も、俳句仲間にも菜穂子の歌人仲間にも二人だけでいるところを見られたことはなく、誰にも知られていないと思っていたのだが、編集部宛てに手紙を出したことや、訪ねて行ったことまで知られていたのだ。情報の出所はきっと大村弓哉だろう。彼にはつい気を許し、「天羽菜穂子」とのことを、もちろん、ごく一部だけのことではあるが、メールで伝えていた。彼は話に尾鰭、背鰭をつけて噂を広め、スキャンダル嫌いの主宰の井上に取り入って和彦を追い落とし、『海神』における和彦の地位を自分のものにしようと画策したに違いない。うかつだった。俳句結社もまた人間社会の縮図、それも、文学、文芸の仮面をかぶっているだけ余計に質の悪い縮図であることをすっかり忘れていた。井上主宰が「他の結社が向いている」と言ったのは冗談でも何でもなく、和彦に『海神』を脱会せよと示唆しているのだ。和彦は、心の安らぎの場所だと思っていた俳句結社『海神』から出て行けと勧告されたのだ。一年間も句会や編集会議をサボっているうちにすっかり情勢は変わり、これはいわばクーデターのようなもので、和彦は結社内の序列争いに負けたのだ。今日の句会で井上主宰が和彦の句に添削付きの評を加えたのは、決別の餞のつもりだったのだろう。

　たかが俳句、除名されたなら他の結社に移れば良いではないかなどと、事はそう単純ではない。井上主宰は俳壇の実力者であり、『海神』を追われた和彦を温かく迎えてくれる結社や句会などありはしない。「スキャンダルを売り物にしている主宰の結社」と井上主宰が皮肉を込めて言った結社が頭に浮かんだが、それはそもそも、たまたまスキャンダルめいたことになってしまっただけのことで、それを売りものにしているわけではなく、他の結社を除名された俳人を抱え込んでくれる寛大さはない。五十年以上続き、千五百人を越す同人・会員を擁する大結社『海神』を除名されるということは、俳壇から村八分とまではいかなくても、白眼視されることを意味する。

昭和の初め、大御所高浜虚子が率いる「ホトトギス」を除名された日野草城、吉岡禅寺洞、そして杉田久女がすぐに思い浮かんだが、その三人に比肩するほどの実力や影響力を、和彦は持ち合わせてはいない。若手俳人ともてはやされているのは『海神』同人であればこそのことだ。しかも、仮に受け入れてくれる結社がありそこに移ったとしても、今の『海神』における序列を、その結社で占めることはとうてい不可能である。俳句結社内の序列は多くの場合、俳句の実力とは別の、新規会員の獲得、句会の運営や編集への協力、基金の拠出など、主宰や結社への忠誠度、貢献度によって決まるのであり、結社を転々とすることそれ自体が白眼視される世界なのだ。自分だけの個人誌を発行するのが関の山だろう。

和彦は酒が強い方ではなかったが、やりきれない思いを抱え、見知らぬバーで酒を飲み、家に帰り着いたのは十時過ぎだった。

門を入ると、正面の源一郎、文子の家には明かりはついていたが、左側の和彦・涼香の家は真っ暗だった。涼香のローバ・ミニは車庫にはなかった。今夜も、仕事を口実にホテルに泊まるつもりだろうか。玄関の鍵を開け中に入った。寒々としたリビングだった。もうこの部屋に以前のような明るい団欒は戻らないのだと思うと無性に情けなかった。

一美もおらず二階も寒々としていた。和彦は自分の部屋の電気をつけ暖房のスイッチを入れると、すぐに部屋を出て二階のシャワー室に入った。ゆっくりバスに浸りたいところだが、階下に降りて風呂の用意をするのも面倒なのでシャワーだけで我慢することにした。アルコールで火照ってはいるが、冷たい夜露の中を戻ってきた身体に熱いシャワーは心地よい。頭のてっぺんや背中に集中的に熱い湯を浴びてやっと人心地がついたころ、ふいに電話が鳴った。和彦はシャワー室にある子機をとって応答した。

電話は文子からだった。

「涼香は今夜、仕事でホテル泊まりだそうですから、一美は今夜、こちらに泊めてそのまま明日の朝、学校へ行かせます。涼香も和彦さんももういいかげんにしなさいよ。子供じゃあるまいし。意地の張り合いなんかしていないで、きちんと話し合いなさい。とにかく話をしないのが一番いけないのよ。一美だって可哀想でしょう」

一方的にしゃべると、文子は電話を切った。文子の機嫌もこのごろよくない。事情は知らないながら、和彦に対しても涼香に対しても怒りを通り越して呆れ返っているという感じなのだ。

身体を洗い終え、和彦は部屋に戻った。部屋はもうすっかり暖房で暖まっていて、アルコールと熱いシャワーとで火照った身体にはむしろ暑すぎた。和彦は部屋の明かりを少し落とし、飾り出窓を細めに開けて外の風を入れてみた。上気した頬に外の冷たい風が心地良かった。この出窓の左には源一郎邸、右は門が見える。門の外は住宅街の細い道であり、もうこの時間になると人通りはほとんどなくなる。

ところが、ふと、一人の女がこの門の中を覗き込むようにしながら前を通り過ぎていくのが目に入った。それは鮎子のように見えた。だが、まさかと思った瞬間にはもうその姿は見えなくなっていた。外に出て行って確かめようか迷ったが、酔ったせいでの見誤りだろうと決め、窓を閉めた。

そのときまた電話が鳴った。今度鳴っているのは、椅子にかけてある上着のポケットの中の携帯電話だ。

受信ボタンを押すと、女の声が飛び出してきた。

「鮎子です。今、お宅の前にいます」

和彦は階下に降り、どこにも電気はつけないままそっと玄関から外へ出て、門の横の扉を開けた。そこに鮎子が立っていた。

「今夜、和ちゃんには鮎子が必要だと思って」

和彦は無言で鮎子の腕を引っ張るようにして門の中に連れ込み、家の中に入れて二階に押し上げた。門は源一郎や文子が普段いる部屋からは死角になっており、家の外に出てこない限り見られる心配はないが、生きた心地はしなかった。

「迷惑だった？ 当然よね」

「それより驚いた。しばらく連絡もせずにいて、いきなりこんな形でやってくるなんて」

「いろいろ考えていたの。和ちゃんから、仕事や奥様とのことが大変だというメールを何通ももらって、鮎子がしてあげられることは何だろうと、しばらく返信せずに考えたわ。でもやっと、鮎子なりの結論が出たの。正直に和ちゃんに気持ちを伝えるべきだということに」

「どういうこと？」

「鮎子が欲しいのは（和ちゃんの美味しいところだけ）なんていうのは嘘。ほんとは何もかもが欲しい。一度は私のものになるはずだったのに手をすり抜けてしまったものが、やっぱり今でも欲しい」

和彦の胸に鮎子は身体を預けた。まだコートは着たままだ。和彦はそのコートの前を拡げて両脇から手を入れ、コートを脱がせながら鮎子を抱きしめた。コートが背中を滑って鮎子の背後に落ちた。

「この家は妻の実家の敷地の中に建っているんだ。門の正面にある家には妻の両親が住んでいる」

「知っています。でも、だからどうだっていうの。この部屋にいきなり踏み込んでくることはないでしょ」

家庭も句会も、和彦がこんな目に遭っている直接の原因は鮎子その人であるにも拘わらず、和彦は、そのことで鮎子を責めるどころか、むしろ鮎子にすがってその苦しみから逃れたい気持ちになっていた。それは飲み過ぎたアルコールのせいでもなければ、鮎子の恋の駆け引きの巧みさのせいでもなかった。

鮎子は全てを脱ぎ捨て、和彦のベッドにもぐり込んできた。全身からジャン・パトウのジョイの香りがした。

「この香水なら奥様と一緒だから、このベッドで「愛」をしても大丈夫、怪しまれないわ」

「君って人は」

「何？　可愛い人っておっしゃりたいの？」

「ああ。だけど、悪魔のような、という枕詞をつけてね」

「光栄だわ。でも、（ような）じゃなくて悪魔そのものかもしれなくてよ。あるいは死に神かも」

和彦は鮎子に溺れた。

そのベッドが、結婚以来十三年もの間、和彦と妻の涼香とが幾度となく愛を交わしたベッドであることが、二人をますます高ぶらせた。これに勝る背徳はない。そして、背徳に勝る快楽はない。どうやってこの後、鮎子を誰にも見られないように帰そうかなどと心配するのはよそう。刹那のこの喜びこそがすべてなのだから。

鮎子の身体が、和彦を軸としていく度も独楽のように回り、様々な形に結び合っては離れまた繋がり合うたびに、お互いの身体の境目は朧になり、相手の目で自分を見て、相手の耳で自分の声を聞き、相手の鼻で自分の匂いを嗅いだ。二人が一つに溶け合うという感覚は、あの美川での蛍の夜に、蛍の蛍光液に塗れた下半身から火が噴き出して、やがて燃え上がる火炎樹となった快感として味わい、バリ島のビーチでは南国の星々の下、下半身が透明に溶けて融合する愉悦として味わったが、今は更に、五感の全てを共有しているような一体感を得ていた。心からの愛は言葉だけでは表現し尽せない。身体を結び五官の官能をすべて共有してこそ、至福の愛の位に就けるのだ。和彦は快楽の頂点で命を削りながら、無の状態に心身を浮遊させて鮎子にすがった。

翌朝目覚めると、鮎子はいなかった。寝返りを打ったが、ベッドの反対側にも鮎子の姿はなかった。

ふと見ると、ベッドの枕の上に一枚の短冊が置いてあった。そしてその短冊には、鮎子の筆跡で一首の短歌が記されていた。

たとふれば海市の中にさかしまに
君に垂らせる蜜にてぞある

一第八章一 霜夜

妻子らを怖れつつおもふみづからの
みすぼらしさは目も向けられず　　若山牧水

「シンデレラコール」と名付けた電話が、毎夜十二時近くになると鳴るようになった。その電話で涼香がいないのを確認すると、鮎子が家に入ってくる。そう度々というわけにはいかないが、十一月のハロウィンから更に十二月に入りクリスマス気分が盛り上がって、涼香の会社が一段と忙しくなり、それに涼香自身、家に帰らずにホテル泊まりを歓迎する気持ちも強かったことから、週に一、二度はチャンスがあった。涼香のいない日は、一美は文子の元へ泊まりに行くが、ときには一美が二階の自分の部屋にいることもある。そんなとき和彦は、一美が眠っているのをそっと覗いて確かめてから鮎子を家に入れ、二階の自室に招じ入れた。ところが一美が夜中に起きるときがある。一美の部屋のドアが開く音がすると、和彦は鮎子を強く抱きしめたまま息を潜めた。もちろん部屋には鍵がかかっており、いきなり開けられたりすることはないのだが……。

「スリルがあるわ」

「ありすぎる」

「奥様のいらっしゃるときにも来ようかしら」

「気でも狂ったのか」

「狂わせたのは和ちゃんよ」

しかし和彦は、鮎子との邂逅の度にかならず心地よい睡魔に襲われた。それは鮎子が訪れて来る時間がいつも深夜である故かも知れないし、鮎子だけがこの頃の様々な意味での和彦の心労を癒してくれる救いである故かも知れないし、あるいは鮎子が身体の深みに忍ばせているパチュリの香料の催眠効果の故かも知れなかった。

営みが果て、あるいは果てないままに和彦が眠りに落ちると、鮎子は和彦にも知られないうちにそっと帰って行く。朝、和彦が目覚めると、いつもメッセージが残されている。それはあるときはベッドに置かれた短冊であったり、パソコンのスクリーンセーバーの伝言板に書き込まれた短歌だったりした。

相見てののちの眠りを枕する
我が腕《ただむき》は冬の三日月

朝食を共に取りながら、文子が口を開いた。

「この頃お顔の色がよくないわね。疲れ気味なんでしょう。ゆっくり眠れてないんじゃありませんか?」

「そう見えますか。そう遅くまで残業しているわけでもないんで、気疲れでしょうけど」

「和彦さんも涼香も、二人ともいい加減になさいよ。いつまでも二人とも逃げ回っているんじゃ、どうにもならないでしょう」

和彦はこの頃、いつも文子に同じことを言われていた。話し合えと。おそらく文子は、涼香にも同じことを言い続けているに違いない。こうなった原因が、和彦が鮎子と密会を重ねていたことだとは、涼香は文子に言っていない。涼香のプライドが言わさないのだ。

先に朝食を終え、自分の部屋から鞄を取って戻ってきた一美が、何気なさそうに口を開いた。

「パパ、ゆうべ遅くにパパの部屋に誰か来てなかった？」

和彦は驚いた。全く予期していなかった一美の言葉だった。しかし一美の言葉に動揺したことが文子に覚られるとまずいという気持ちがすぐに起こり、冷静さを装って新聞から顔を上げず、逆に質問を返した。

「どうしてそんなことを聞くんだい？」

「ゆうべは部屋の電気を消して、さあ眠ろうと思ったんだけど、ちっとも眠れないから、音楽をイヤホンで聞いてたの。そしたらパパがそっと私の部屋を覗いたのがわかったから、音漏れしたのかなと思って止めて静かにしてたら、パパが下に降りていく音が聞こえたわ。そのあとしばらくして戻ってきたパパの部屋から話し声が聞こえたの」

「お父さんは誰かとお話しをしていたの？」

文子が急に興味を持って乗り出してきた。

「誰もいやしませんよ」

「でもパパの声がした。笑い声もしたわ」

「そんなことより、さあ一美、出かけようか」

この話題は打ち切りとばかりに一美を妙にせき立てる和彦の態度に、文子と一美は妙な違和感を持った。

「会社の人でも打ち合わせにいらしていたの？」

「いいえ。パソコンで俳句をインプットしたり、メールしたりしていたので、独り言か、パソコンで聞いていた俳句の朗読の声じゃないかな、きっと」

取り合わない風に和彦はその場を離れて二階の自室に鞄を取りに行った。

文子が声を潜めて一美に聞いた。

「どうなの、一美ちゃん」

「どうって？」

「男の人の声だった？　それともまさか女の人の声がしていたんじゃないでしょうね」

「ううん。本当にパパの声しかわからなかった。ドアの向こうだし、何を言っているのかぜんぜんわからなかったけど、笑ったりしてた。でも、このごろパパは変なの。何だかどこか変。あんまり寝てないんじゃないかな。ママと早く仲直りしないからいけないのよね」

「三人か」

「はい。三人です」

「たった三人か」

「はい。そうです」

「(はい。そうです) じゃあ済まないだろうが!」

米村は大声を上げ、デスクを叩いた。和彦は驚いて一歩後ずさりをした。

「君には期待していたんだがね。いったいどうするつもりだ!」

「はあ。一応予定通り、申出期間を一月末まで延長するということでしょうか」

「それで三人が十人になる見込みはあるのか」

「それはわかりません」

「いったい君は何を寝ぼけたことを言ってるんだ。君がこの人員削減計画の立案者であり実行責任者なんだぞ。何のために毎週、社員の面接を繰り返しているんだ。退職させたい人間を絞り込んでいくためじゃないのか!」

面接は単に本人の意向を聞くことを目的としているのではない。週に一度の面接によって退職させたい人間を絞り込み、次第に退職せざるを得ない状況に追い詰めていくための手段にするというのが、このリストラ計画を進める上での面接の位置付けだ。そのため、面接に際しては毎回、レポートの提出を義務づけ、それに基づいて行うことにしていた。そのレポートのテーマは各自ごとに微妙に変えてあったが、中には「三十人体制となった場合における各人の配置の私案」などという、プロパー同士で退職者をあぶり出させる姑息なテーマも含まれていた。それらの案は米村と和彦とで作成し実施に移されたのだが、それを進めていく上で大きな誤算があった。それは、現場の実行責任者として直接に面接に当たる和彦の個人的資質が、立案者としては適していたとしても、実施者としては不適であった――言い換えれば、交渉ごとを強引に進めていくにはいささかひ弱過ぎた点だった。しかも和彦は家庭でのトラブルを抱え、一方で深夜あるいは明け方までの鮎子とのメールのやりとりや密会などによる慢性的睡眠不足から、面接をやってはいるものの、ただスケジュールとしてこなしているだけになってしまっていた。

ところが一方のリストラ対象の社員の方は、自分のそして家族の生活がかかっているため必死だった。結局、社員同士で退職せざるを得ない人間をあぶり出して追いつめていくというテーマのレポートには誰もが白紙で臨むなど、米村や和彦の当初の意図通りには全く展開せず、そしてそんな白紙提出を怒鳴りつけたり追い返したりする迫力も気力も和彦にはなくて、ずるずると勧奨退職の申し出期限である十二月末近くになってしまった。

それでも、一応三人の申し出はあった。一人はもう二年も病気療養中の男性で、働けないことを気に病んでの申し出であり、あと二人は補助員の女性で、元々、家庭の事情などから退職を考えていた矢先で、割増退職金は渡りに船ですらあった。

「当初の予定通り、一応は来年の一月末までと期限を延長することとするが、君は責任を持ってやり遂げられるんだろうな。君が責任をとって辞めればすむという程度の問題ではないんだ。私の責任にもなりかねないんだからね」

勧奨退職の申し込み期限を一ヵ月延長し来年の一月末までとするとの発表は、全員を集めてではなく、一人一人を会議室に呼び込み、米村が同席している目の前で和彦が内容を読み上げながら文書を手渡すという形式を取った。和彦のみに任せるのではなく、米村が初めて前面に出てきたのだ。天下り役人としての保身と今後を考えると、米村にとってもここで失敗は許されない。年明けからが本当の勝負になる。和彦のみにはもう任せてはおけなかった。しかし米村の腹の中では、あと「六人」と勘定が出来ていた。つまり、すでに申し出のあった三人に加えて和彦もいずれ辞めるだろうし辞めさせようと思っているのだ。退職申し出が十人に満たなければ彼に責任を取らせて辞めさせる。あるいは、辞めさせた人に申し訳ないという気持ちに追い込んで彼には辞めてもらう。リストラの功労者は自分だけでいい。

「改名宣言？」

「そう。改名宣言」

鮎子はまた和彦の部屋に来て、ベッドを共にしていた。

深夜である。もちろん涼香はいない。一美も、十二時ちょうどに鮎子からの「シンデレラコール」を受けてすぐに部屋を覗いたらすでに寝息を立てていたし、もうあれから二時間も経っている。起きている心配はなかった。

鮎子は『短歌』新春号に短歌を発表していた。その作品は「改名宣言」と表題が付けられた二十首だが、驚いたことに作者名が「天羽菜穂子改め若村鮎子」となっていた。「天羽菜穂子」はこれまで謎の歌人として経歴はおろか写真すら発表したことがなかったが、「若村鮎子」と改名するに当たって初めて写真も公開したのである。その写真の鮎子はとても美しかった。女流の俳人の中には十年も二十年も前の写真をいつまでも使っている人も多いが、鮎子の写真は、若くは見えても今の姿そのままだ。おそらく短歌界において大きな驚きで迎えられるに違いない。

和彦はその短歌を読んだ。そこには、古い名前を捨てて新しい地平を切り開こうとする自分へのメッセージのような歌や、和彦に自分との逃避行を促すような歌もあった。

形代に菜穂子と書きて流し遣る
その形代をくぐれ若鮎

身を捨てて浮かぶ瀬はあり名を捨てて

隠れ潜むる淵をこそ思へ

「もう、石橋鮎子もいらなければ天羽菜穂子もいらない。若村鮎子だけでいいの」

「思い切ったもんだね」

「女は男とは違うわ。あれも欲しいこれも欲しいなんてことは思わない。一つのものが欲しくなったら他のものはみんな捨てても構わない。それに……」

「それに？」

「愛縛。欲しいものは奪ってもいいの。そう教えたのは和ちゃんじゃないの」

「愛縛……か」

和彦は鮎子の顔に手を伸ばし、微妙な翳りを見せる鬢を撫でた。鮎子は切ない表情になり、

「二度目ね。和ちゃんをこんな目に遭わせたのは」

と言いながら、和彦の唇に指を当てた。

「鮎子が和ちゃんにしてあげられることは？」

「また逃げ出したりしないことだ」

「また？　またじゃないわ。あの時は和ちゃんが蟹田に迎えに来てくれなかったせいなのよ。間違えないで」

和彦の指の遊ぶままにさせていた鮎子は、上体を起こして和彦の上に跨り、身体をゆっ

くり沈めて自らの奥深くへと和彦を包み込んでいった。顎をわずかにのけぞらせ、目を潤ませ、唇をほんの少しだけ開いて切ない息を吐く。鮎子はとても若そうに見える。普通、顔は化粧でごまかせても、首は血管が浮き皮膚が垂れてその衰えをごまかしようがないが、鮎子ののけぞった首は艶やかで、加齢による衰えを全く感じさせなかった。

和彦は下になって、女体に包み込まれてゆく温かい感触を静かに味わっていた。身体を繋ぐのは心を通わせるための必須の条件だ。結ばれたところから溶け合ってやがて官能が一つになる。和彦はまた今夜も、快楽の渦の中で、まどろみから眠りへとゆっくり墜ちようとしていた。

ところがそのとき突然、門の外に車が止まり、続いて門が開き始める音がした。

涼香が帰ってきたのだ。

「そんなはずは」

和彦は一気に萎え、鮎子から抜け落ちた。

「どうするの？　どうすればいいの？」

「僕はとにかく下に降りる。まさかこの部屋に入っては来ないだろうけど、アユはどこかに隠れていてくれ」

「どこに？」

「どこでもいい。ベッドの下でも、カーテンの後ろでも、クローゼットの中でも」

「ベランダから外に降りられる?」

「端に避難梯子があるけれど、大丈夫、隠れていればいい」

和彦は下着も付けずにパジャマを着てガウンを羽織り、部屋の外に出た。驚いたことに、部屋の外には一美が立っていた。

「どうしたんだ、一美、起きていたのか」

「ママが帰ってきたんでしょ。一美も下に降りる」

「寝てなさい」

「一美の勝手でしょ」

はねつけるように言うとさっさと降りていった。和彦もついて降りた。玄関に電気をつけドアのロックを内側から外したと同時に、ドアが外から開いた。

「どうしたんだ。こんな時間に」

「自分の家に帰ってくるのにいちいち許可がいるとでもおっしゃるの。それとも急に帰ってこられると、都合の悪いことでもおありなのかしら」

こんな形にせよ、二人が直接言葉を交わすのは久しぶりだった。ところが涼香は靴を脱ぎ捨てると、一階にある居間にも自分の部屋にも向かわず、真っ直ぐに二階への階段を登りはじめた。

「おい。待てよ」

あわてて追いすがる和彦に捕まらないよう涼香は駆け出した。

「待て」

和彦は二階の自分の部屋の前でやっと涼香の腕を掴んで捕まえた。

「離して」

「どうする気だ！」

「離して！」

涼香は和彦が掴んでいる腕を思いきり振りほどくと、勢いよく和彦の部屋のドアを開けて中に入った。和彦も続いた。

そこにはまだ裸のままの鮎子がベッドの上にいることを和彦は覚悟したが、しかし鮎子はいなかった。

涼香はベッドのブランケットをはねのけ、反対側に回りベッドの下を覗き、クローゼットの中をかき回した。しかし誰もいない。しかしそれで涼香の気持ちが納まったわけではなく、今度は部屋を飛び出して、二階のトイレとシャワールームそして隣の客室に飛び込んだ。しかし誰も見つけることが出来なかった。和彦は涼香を宥めようと懸命に後をついて回った。

「もうよせ。一体何だっていうんだ」

もう一度和彦の部屋に戻ってきた二人の頬に、外の冷たい風が触れた。窓のカーテンが揺れていた。涼香がそこに近づきカーテンをめくると、ベランダへ出る窓がわずかに開いていた。涼香は窓を思いっきり開けた。しかし外に誰もいなかった。ただ、霜が一面に降りたベランダの上に、何かの足跡のようなものが付いていた。

上手く隠れたか逃げ出してくれたのだと和彦はほっとしたが、そんな気持ちはおくびにも出さず、

「どうしたんだ、涼香。まさか君の留守に僕が誰かを連れ込んでいたと疑ったんじゃないだろうね」

涼香は和彦の呼びかけに返事もせず、ブランケットやシーツを直すふりをしながら、ベッドの匂いを嗅いだ。

「ママごめんなさい。でもパパの部屋には本当に誰か来ていたの」

開いたドアの外には一美が立っていた。その一言で、和彦はなぜ涼香が急に戻って来ていきなり和彦の部屋に入ったかがわかった。誰かを部屋に入れているのではないかと疑っていた一美が、今夜の様子を涼香に携帯電話で知らせたのだ。

「いいのよ。一美ちゃんは何も謝ることはないの。一美ちゃんは何も間違ってなんかいないわ。さあ、ママの部屋で一緒に寝ましょう」

涼香は和彦に対しては口を開かなかった。現場を押さえることは出来なかったものの、慌てて二階から降りてきた様子や、その後の態度からしても、一美の直感は当たっている

に違いないと涼香は確信した。夫は自分の留守に誰かを家の中に引き入れていたのだ。誰かではない、あの探偵社のレポートが言う「鮎子」という女に違いなかった。自分と和彦との愛を育んだはずのベッドに、女を引きずり込んで情欲を満たしていた夫。涼香の背中に虫酸が走った。涼香は一美の肩を抱いて階下に降りていった。

和彦はドアを閉めると、一人ベッドサイドに腰を下ろした。これからいったいどうなるのか、見当もつかなかった。現場を押さえられたわけではないので言いつくろうことは可能なようにも思えたし、慌てふためいた状況証拠はどうにも言い訳できないような気もした。

しかしいったい鮎子は何処へ消えたのだろう。涼香は、窓が開き、ベランダに降った霜の上に足跡らしきものが残っていたことから、ベランダから避難梯子を使って庭へ降りて逃げたのだと考えたようだが、あの短い間に、そんな曲芸めいたことが鮎子に出来たとはとても思えなかった。

一美は涼香の部屋に一緒に行ったまま戻っては来ないようで、しばらく物音がしていた階下も静かになった。もう三時を回っている。たぶん涼香は一美と一緒に眠ったのだろう。しかし和彦はとても眠れそうにはなかった。涼香とはもう修復不可能だろう。プライドの高い涼香が許すはずもない。「離婚」の二文字が頭をかすめた。娘の一美とも別れることになるのは辛いが、一美も和彦に不信感を抱いていたことは今夜の一件で明らかになった。和彦にはもうこの家を出て行くしか残された道はないように思えた。そして行く先は鮎子の所しか考えられなかった。

そう考えついたとき、和彦の部屋のドアが静かに開いた。

入ってきたのは鮎子だった。

「アユ！」

「しーっ」

「どこに隠れていたんだ？」

「一美ちゃんの部屋よ。燈台下暗しって言うでしょ。とっさに思いついたの」

鮎子は着ていたコートを脱ぎ捨て和彦のベッドにもぐり込んできた。もちろん裸だ。

「とうとう奥様のいる家に忍び込んで、和ちゃんを寝取ることが出来たわ。バリ島で叶わなかったことが実現できたのよ」

和彦はもうどうにでもなれという気持ちになり鮎子を抱き寄せた。

「声出さないようにするね」

「耐えられないようにしてやる」

和彦の指が鮎子の身体の微妙な部分に触れた。

「鮎子は、こんな風に和ちゃんのおもちゃにされるのって大好き。和ちゃんのモノになった気がするわ」

遊ぶ指はあそばせておき霜夜妻　（南条れおな）

十二月二十八日

例年なら、ビールと簡単なおつまみを用意して和気藹々のうちに終わる御用納めも、今年はそういったことは全くなく、定時の五時まで普通に席について仕事をし、そのまま片づけて退社となった。もちろん社員同士は、

「よいお年を」

とか、

「来年もよろしく」

とかと声を掛け合って帰っていったが、総務部長兼課長の和彦に対しては課の部下が通り一遍の挨拶をしただけで、他の誰もが無視した。

街をゆっくりふらつき、家に帰り着いたのは午後七時を少し回ったところだった。門を入ると正面の源一郎の家は明かりがついていたが、和彦の家の方は真っ暗でひっそりとしていた。

家に入り、リビングの電気をつけるや否や電話が鳴った。文子からだった。

「和彦さん、夕ご飯まだなんでしょう。こちらにいらっしゃいな、涼香も一美も来ていま

すから」

和彦が大藤家のダイニングに入っても涼香は無視していた。お帰りなさいとも言わなければ和彦の方を見ようともしないで、テーブルの上に夕食のために取ったデリバリーの料理を並べていた。

「まあ一杯やろうか」

源一郎が和彦にビールを注ぎ夕餉の始まりとなった。源一郎と涼香が話し、和彦と文子が話す。涼香は文子ともちろん話をするが和彦には決して話しかけない。和彦と涼香が同じテーブルに座って食事をするのは、九月にバリ島に行く前以来だった。かれこれ四ヵ月越しの冷戦と言うことになる。今夜のこの団欒はたぶん文子が書いた苦心のシナリオだろう。

食事が終わり、全員が居間のソファに移った。文子が珈琲を運んできて並べた。一美は見たいテレビがあると文子の部屋に入ってしまった。父と母の間にわだかまる冷たい空気が耐え難かったのだろう。一美も、涼香が突然深夜に帰ってきたあの夜以来、和彦とは口を利かなくなっていた。

和彦がトイレに立ったちょうどそのとき、文子が思い出したように声を上げた。

「ああ、そうだわ」

「どうしたの、ママ」

「和彦さんがね、バリ島で涼香へのプレゼントにするために買った絵があるのよ。私、額があまりにみすぼらしかったものだから額装をやり直してもらおうとお友達に頼んでおいたら、とても時間がかかってしまって。でもやっと出来てきたんですよ」

文子が二階にその絵を取りに行くのと入れ違いに和彦がトイレから戻ってきた。和彦がソファに腰を下ろすと、涼香は意識的に源一郎と話し始めた。

「会社を経営していくのってやっぱりたいへんよ、お父さま。個人でやっている方が気楽でよかったかも」

「和彦君に手伝ってもらったらどうかね。なあ、和彦君」

涼香は明らかに不快な顔をしてその問いかけは無視した。白けた空気が流れ始めたちょうどその時、文子が二階から絵を持って降りてきて、

「はい、涼香。和彦さんからのバリ島みやげ」

とその絵を涼香に手渡した。同時に和彦の方を振り返り、

「和彦さん、ごめんなさいね。お友達に額装のやり直しを頼んで置いたらとても時間がかかってしまったのよ」

「あっ、その絵は」

和彦は口元まで運んでいたコーヒーを思わずこぼしそうになった。

「え？　どうかしたの？」

涼香は、和彦に対して自分からはけっして口を利くまいと思ってはいるものの、和彦から言葉をかけてきたら話し合うつもりでいた。その和彦がバリ島土産を用意していたというのである。和彦から謝ってきて欲しいと思っている本音がつい洩れ、

「私へのプレゼントを忘れないなんて、信じられないけど」

と皮肉っぽいながらも、内心はまんざらでもない様子で自分から和彦に対して口を開いた。

「素敵な色調ね。バリといえばレゴンダンスに象徴されるような原色のイメージがあるけれど、この抑制の利いたモスグリーンはとても爽やかな印象だわ」

頑なな態度がほぐれ頬がゆるみかけてきたと思えた瞬間、涼香が急に立ち上がり悲鳴に近い声を上げた。

「何よ、これ！」

そしてテーブルの上にその絵を叩きつけた。コーヒーカップが割れ、絵の額のガラスが砕け、飛び散ったコーヒーが絵を汚した。

「どうしたというの、涼香」

という文子の声と、

「お父さま」

と泣きながら源一郎にすがる涼香の声が同時だった。そして泣きながらもしっかりした

口調で、

「この人には女がいるのよ。この絵、私のために買ってきたんじゃないわ。鮎子って女のために買ったのよ。絵の作者の名前に惹かれて買ったのよ」

文子は絵を持ち上げた。コーヒーがかかって汚れたが、作者のサインはＡＹＵと読めた。

「誰なの。その鮎子っていう人は」

「この人の昔の恋人。私と結婚してからもずっと、私に隠れて付き合っていたのよ。この前も、私の留守をいいことに家の中に引きずり込んでいたわ」

「なんだと」

「なんですって」

源一郎と文子が同時に声を出した。

「違う。誤解だ」

和彦は否定した。しかし涼香の指摘は大部分が当たっていた。誤解があるとすれば、ずっと付き合っていたのではなくて一年前に再会しそれ以来付き合っているということであるが、それはこの場合の本質的なことではない。

「違わないわ。じゃああの夜どうして、私が急に帰ってきたときあんなに慌てたの。どうしてベッドが香水の匂いでむせ返るようだったの。私の使っているのと同じ香水には違いないけど、私はもう半年以上もあなたのベッドには行ってないのよ。それにこの寒いのにどうしてベランダへ出る窓が開いて、霜の上に足跡があったのよ。しかも深夜に。汚らわしい。何がAYUよ。何が鮎子よ。いやらしい。消えてよ。私の前からさっさと消えてしまってよ」

涼香は言うだけ言うとまた源一郎の胸に顔を沈めた。

和彦は逃げるように部屋を後にした。玄関で靴を履いていると文子が追ってきて、

「この絵、持って行きなさい」

とAYUの絵を手渡した。絵からは、こぼれたコーヒーの匂いがした。

「私には和彦さんがそんなことをしていたなんてどうしても信じられないけど……」

テーブルの周りにこぼれたコーヒーを拭き取りながら文子が続ける。

「最近たしかに和彦さんは少し様子がおかしいけれど、それはきっとお仕事のせいでしょう。そんな、涼香と結婚する前からずっと続いていた女性がいたなんてこと、とても信じられないわ」

涼香は激して疲れたのか、ソファの背もたれに顔を埋め、倒れ込むようにして伏せていた。

源一郎は文子の言葉に促されたように立ち上がると、書棚に挟み込んであった分厚い封

筒を取り出し、中を探って数枚の書類を文子の前に投げ出した。

「見なさい」

ソファから顔を上げた涼香が、

「お父さま」

と驚いたような声を上げ身体を起こした。

「依頼人はお父さまだったのね」

「何のことですか？」

と言いながら文子がその書類をめくった。顔色が見る見るうちに変わった。

「以前に不動産取引を巡るトラブルやなにかで色々世話になった警察の男が中途で退職して探偵社を始めたから、まあ、祝儀の意味で何人かの素行調査や財産調べをやってもらった。依頼しているときにたまたまバリ島への旅行スケジュールがテーブルの上に置いてあったんで、ついでに聞いていた山口への旅も加えて、冗談半分で、依頼に付け加えた。そしたらそんなレポートが出来てしまった」

「何て馬鹿なことを」

「馬鹿なのはお父さまの方、それとも彼のこと？」

「どちらもよ」

「どうしてお父さまはそのコピーを私に送って寄越したの？」

「二人の問題だし、二人でどうにか解決して欲しいと思ったんだ」

「嘘ですよ」

文子がきつい調子で口を挟み、

「あなたは元々、涼香の結婚には反対だったでしょ。だからこれは、仲を引き裂くいい材料だと思ったに違いないわ。別れればいいと今でも思っていらっしゃるのよ。解決するつもりならもっと上手くやる方法はいくらでもあったでしょうに、一番まずいやり方をあなたはなさったのよ。しかもわざとね」


一月四日。仕事始めの日。

源一郎と文子は年末年始の恒例で、熱海の旅館で過ごしており、まだ戻ってきていない。涼香もまた、年末から一美を連れて都内のホテルに泊まり、まだ帰って来ていなかった。和彦は正月を家で一人過ごした。その間、鮎子もやって来なかった。

朝食は、家に何も食べるものがないのでそのまま出かけ、駅のキオスクで牛乳を一本飲んだ。わびしい初出勤となった。

協会の仕事始めは、例年なら午前十時に専務理事が協会理事長の挨拶を代読し、すぐにビールで乾杯となる。まだ古い体質を残した職場だった。しかし今年はそういうわけにはいかないだろう。年末の仕事納めもぎすぎすした雰囲気だったし、おそらく、挨拶の後は定時まで仕事をするということにせざるを得まい。総務部長兼課長として、和彦は今日の手順をあれこれと考えながら地下鉄に揺られて日比谷に着いた。

協会は大きな再開発ビルの四階にある。和彦はエレベーターに乗った。一人だった。四階に着いてエレベーターが止まり、扉が開いた。一歩外へ足を踏み出し、右手の見慣れた職場の入口の方を見た和彦の足が思わず止まった。

息を飲み、声を上げた。

「そんな……、馬鹿な」

職場の正面は前面ガラス張りで中を見通せるが、その中に大きな横断幕が掲げられ、

＜ 不当解雇を許さないぞ！ ○○協会労働組合組成準備会 ＞

と白地に赤い文字で書かれてあった。

足がすくんだ。鞄を持つ手が震えた。そして、おそるおそる中を覗いた和彦が次に目にしたものは、その横断幕の下に一列に整列したプロパー職員だった。それぞれが赤の鉢巻きを締めており、その鉢巻きには「闘争」とか「団結」とか書いてあった。

和彦が中に一歩踏み込むと、全員が声を合わせて叫んだ。

「不当な解雇を許さないぞ。我々は闘うぞ！」

馴れないため声は必ずしも揃ってないが、雇われデモに嫌々参加して声を出すシュプレヒコールとは違い、自分たちの生活そのものがかかっている故に、真剣さがひしひしと感

じられる叫びだった。

その後のことを和彦はよく覚えていない。

米村に専務理事室にすぐに引きずり込まれた。そして激しく罵られた。

「お前の責任だ」

米村は何か言っては和彦を詰り、そして必ず最後にこの言葉を付け加えた。自分に責任はない、すべては現場を仕切っていた藤村総務部長のミスであり責任だと。和彦はしかし米村の叱声を聞いてはいなかった。組合結成までは考えてなかったが、米村の失望を買うことの方はある程度予期していたからだ。このまま総務部長を解任して平社員に格下げしてくれればいい。どれだけ楽かしれやしないと思って頭を低くして耐えていた矢先、突然、専務理事室のドアが蹴破られたかのごとくに押し開かれた。

「団交だ！」

「団交を要求する！」

赤い鉢巻きを締めた大勢の社員が、次長のMを先頭に部屋に押し入ってきた。

「君たちはまだ組合ではない。交渉の資格はない」

米村は毅然とした態度をとった。米村の動じない様子に、こうした交渉に慣れていない社員達は一瞬ひるんだ。しかし社員の中に混じっていた上部団体のオルグが、集団の背後から米村や和彦には姿を隠したまま、

「職員全員の総意だ。話し合いのテーブルにつけ！」

と大声でどなり、ひるみかけた職員を鼓舞した。

結局、会議室に場所を移して話し合うこととなった。米村と和彦は拉致されるかのように会議室へ運ばれ、集団に取り囲まれてヤジと怒号を浴びながら、彼らの質問に答えるはめに陥った。とはいえ彼らは、米村にはあまり怒号は浴びせず、憎悪はもっぱら和彦に集中した。本来ならこちら側にいて一緒に雇用を守るべく闘っているはずが、ちゃっかり首切り側に回っている裏切り行為に対しての怒りの故だった。

「首切り計画を撤回しろ！」

「雇用を最優先しろ！」

「我々に一家心中しろというのか！」

和彦の頭の中を学生時代のあるシーンが駆けめぐった。颯子や自殺したKなどと一緒に、学費値上げ反対や竹本処分粉砕などと叫んで団交に参加した場面である。和彦自身は主導的立場ではなく、金魚の糞のように、過激な活動家の後ろに付いていただけではあるが、それでも、学長や学生部長を何時間も監禁状態で詰問し、怒号を浴びせ罵倒し、トイレすら制限して苦しめた。権限があるかないかに係わらず責め立てた。権力を握り日ごろそれを行使している側の者に対しては、革命の場では一切の人間的尊厳を剥奪して構わないと、あの頃の学生活動家たちは本気でそう思っていた。

激しい怒声を浴び小突き回されているうち、和彦の頭の中の回路が混線した。団交で今こうして吊し上げられている自分と、学部長らに罵声を浴びせているかつての自分とが交互にザッピングし、怒声が頭蓋のなかでがんがん反響した。「造反有理」「革命無罪」などの中国文革時の紅衛兵のスローガンが思わず口をついて出た。今、かろうじて頭の中で整理できているのは、ここが自分のいるべきところではなく、いたくもないということだけだった。

そして不思議なことに、そうした混乱の極みにある自分を、やや斜め後ろから冷ややかに見降ろしている自分があった。

一第九章一 風花

みんな夢雪割草が咲いたのね　　三橋鷹女

会わせたい人がいるという父・源一郎の電話に会社から呼び戻された涼香は、大藤家のリビングで五十がらみの男を紹介された。細身の長身で姿勢が良く、短く刈り上げた頭は、任侠映画のやくざを連想させた。

「森下君だ。最近警察を退職して探偵社を開業したばかりだ」

その一言で涼香は、この男が例の調査をした男だとわかった。

「彼から涼香に報告があるそうだ」

「和彦のことでしょうか」

涼香は愉快でない話に違いないと、身構えながら口を開いた。

「察しがよろしいですね」

察しがいいと言われて涼香の身構えが少し緩んだ。聡明な女性として扱われることが、涼香のプライドを心地良くする。

「実は……、実は前回ご報告した内容があまりに表面的すぎ、調査も十分ではなかったものですから、再調査のご依頼は頂いてはおりませんものの、他の調査の合間に調べ直したことがありまして、そのことのご報告にあがったのですが……」

　そこで森下はいったん話を止め、お茶を口にした。

「前回のレポートで若村鮎子の住所としてご報告したものは、十五年も前の住所地でした。ご報告する前に、その後に転居等されていないかどうか調べるべきだったのですが、それを手抜きしてしまいました。そのことが気になっていたので、住民登録などでその後の動きを追ってみたのですが……」

「何ですの？」

　なかなか本題に入ろうとしない森下に、涼香がやや苛ついて続きを催促した。

「はい。実は」

　森下は驚くべき事を口にした。それを聞いた涼香は一瞬きょとんとなった。

「まさか、そんなこと……」

　涼香はもう一度聞き直した。

「ですから、若村鮎子は、七年前に病死していたのです」

「ほんとに？」

「ええ。若村鮎子は十年前に結婚して横浜へ転居しましたが、白血病を発症し一年ほどで離婚して大宮に戻っています。その後しばらくして今度は青森に転居しましたが、その地で死亡しているのです。場所は津軽の蟹田町で、その地の国谷という病院が住民登録の住所でしたから、転地療養先でそのまま亡くなったものと思われます」

「そんな馬鹿なこと……」

涼香は言葉が続かなかった。じゃあいったい、夫の和彦が山口に同行し、バリで密会し、自分の留守にこの家に引きずり込んでいた女は誰だというのか。

「それからこれをご覧ください」

森下は一冊の雑誌を差し出した。それは『短歌』新春号で、「改名宣言」と題した短歌のページがめくってあり、森下はその作者名を指さした。作者名は（天羽菜穂子改め若村鮎子）となっていた。

「私の事務所の若い女性スタッフが短歌ファンで、（実はこんなものが）と持ってきたんです。この女性をご存じですか？」

「天羽菜穂子という歌人の名前は、新聞などで見たことがあるような気がしますが」

「有名な歌人だそうです。ただ一方で、正体不明の謎の女流歌人とも言われているようです。今度この、若村鮎子への改名宣言とともに写真も公表したので、歌壇ではちょっとした話題になっているようです」

「どういうことでしょう？」

「それ以上のことはわかりません。ただこれまでのことをもう一度整理してみますと、和彦氏とむかし深い仲だった若村鮎子は七年前病死していること、和彦氏が山口とバリに同行した女性は若村鮎子を名乗っていたこと、謎の歌人と呼ばれていた天羽菜穂子が若村鮎子と改名し写真を公表したこと、この三点です」

「私にはどう解釈していいのか……。お父さま」

　涼香は困惑した表情で源一郎のほうを振り返った。

「私にもわからん。その写真は、むかし死んだという若村鮎子と似ているのかね」

「大宮の旧住所地で聞き回ったところ、(本人だ) という声がありました」

「こういうことが考えられるか」

　源一郎は今年七十三歳になるが、物事を冷静に分析できるのが自慢の一つである。

「和彦君の昔の彼女はこの場合関係ない。つまり俳人としての彼が、歌人天羽なんとかとどこかで知り合いになり、昔の彼女に面影が似ていたのでその名前で彼女を呼ぶことにした。そして不倫が明るみに出たことにより居直って、天羽なんとかという名前は捨てさせて若村鮎子を名乗らせることにしたということではないのかね。写真もついでに、死んだ若村鮎子のものを使ってみたということだろう」

「そうかしら？　でも……。でも、普通、女性は、好きな男性から、昔の恋人に似ているからその名前で呼びたいなんて言われたら複雑な気持ちになるはずだわ。いえ、私ならOKしないでしょうね。ましてや死んだ人の写真を使うだなんて、ぞっとするし、考えられもしないわ」

「清水の次郎長は最初の女房の「お蝶」が忘れられなくて、二番目、三番目の後添えもみんな「お蝶」と呼んだそうだ。男っていうのは身勝手なもんだよ」

源一郎は自分の解釈に満足した様子で、そんな話を持ち出して笑った。森下も相槌を打った。

だが、涼香はなおもこだわって、

「じゃあいったい、天羽菜穂子って誰なの？」

「若村鮎子は七年前に確かに亡くなっています。そして天羽菜穂子は、十年ほど前にある大きな賞を取って彗星のように現れた女流歌人だそうです。ただその正体は不明で、実は高名な小説家ではないかとか、短歌結社『天雷』主宰の高橋梨園の別名ではないかなどと、いろいろ取りざたされているようです」

「今度は死者の名前と写真をかたってみたというわけか」

「ご依頼いただければ天羽菜穂子について詳しく調査をいたしますが」

森下は今日の彼の本当の狙いをさりげなく切り出した。前回調査の訂正ないしは補足といいながらも、実は継続調査の依頼が欲しいのだ。

「結構です。あとは和彦に直接確かめます。こそこそ嗅ぎ回ったりするより、その方が早いと思いますから」

こそこそ嗅ぎ回ると表現されて、森下は一瞬むっとした表情を見せたが、すぐにそれを隠した。

「そうですか。それでは何かご用命がありましたら、何なりとお命じ下さい」

と立ち上がり、規律正しい所作で大藤家を辞していった。

森下が玄関から出ていくのとちょうど入れ替わるように文子が入ってきた。涼香の家にいて戻ってきたのである。

「今、和彦さんの会社の人から電話がありましたよ」

「何て？」

「昨日も今日も、出社していないそうよ」

「そう」

「そうって、あなた」

「私には関係ないわ。二階で寝ているんじゃないの」

「いませんよ。昨日のお昼過ぎに大きな鞄を提げて出て行くところを見ましたけどね」

「じゃあどこへ？」

「知りませんよ、私は。電話してきた会社の部下の方によると、これまで一度も無断欠勤はなかったそうよ。去年の十月頃から遅刻や午後から出社してくるようなことが増えたけれど、いつも連絡だけはあったそうで、黙って二日も休んだのは初めてらしいわ。それに、(一昨日の仕事始めに大変なことがありましたからちょっと心配で) と、その人が言っていたのよ。涼香は何か聞いてる?」

「知らない。彼とは話もしていないわ」

「心配ねえ。自殺でもするんじゃないでしょうね」

「何言っているの。自殺したいのは私の方です。女を作って出て行かれた妻の役なんて、みっともなくてたまらないわ」

「それ、本当なのかしら。私もあの時は裏切られた気がして悔しくて……。でも、本人が認めたわけじゃないし、居直っているわけでもなさそうだし。それに私は一緒にバリ島へ行ったのよ。そんなことは全く感じませんでしたよ。あの報告書も、そういう名前の女が隣のホテルにチェックインしていたというだけで、何かあったと報告しているわけじゃないでしょ。あなたが報告書を深読みしてそう思いこんでしまって、話し合わなかったのがいけなかったんじゃないの」

「今さらそんなことを言わないで」

「今さらじゃありません。何度も話し合いなさいって言ったじゃないの。あなたが強情ものだから」

「これから話し合うわ」

「まだ間に合うといいけど。ほんとはあなたの所に帰りたかったのに突き放されたものだから、もう相手は誰でもよくなって、行きずりに心中ってこともあるじゃないの」

「変なこと言わないで。そんなことをされたら、私がどれだけみじめになるかわかりゃしない。今だって本当はとても平静でいられる状態じゃないのよ。ママは和彦のことがお気に入りだから、私が苦しむのが見たいんでしょ。きっとそうよ」

「馬鹿なこと言うもんじゃありません。あなたのことが一番心配なのよ」

玄関先で立ったまま次第に声の大きくなってきた母と娘との間に、父親の源一郎がリビングから出てきて割って入った。

「よしなさい、二人とも。それより確かに心配になってきた。涼香の言う通り、死人の名前を名乗ったり写真を使ったりするなど、その女は尋常な神経じゃないのかもしれない」

そして源一郎は、更に妙なことを口にした。

「怪談の『牡丹灯籠』は、死んだお露とかいう娘の霊が若侍に取り憑いて殺してしまうんだったなあ」

「やめて！　お父さま。何てことをおっしゃるの」

「もう一度森下君に来てもらって、和彦君の行方を捜してもらおう」

和彦は津軽海峡線の四人掛けボックス席に一人で掛けていた。

蟹田へは二度目の旅だった。窓の外には風花が舞っていた。津軽半島の日本海側はきっと雪だろう。その雪が西風に吹かれ運ばれて来るうちに更に細かい雪片となり、冬の冴え冴えとした日射しの中を金色に、そしてまた銀色に輝きながら降り注ぐ。美しすぎる風花は、鮎子が和彦の決断を喜び降らせているのだと、和彦はそう理解した。

風花のはなやぐは人の死後に似て

急な旅立ちだったので、あらかじめ鮎子と打ち合わせをしておくことが出来なかった。家を出る前に電子メールを送ったが、鮎子がそれを見たかどうかはわからない。再会してから既に一年以上になるというのに、和彦の方から連絡を取る方法は電子メールしかない。和彦はまだ鮎子の住所も電話番号も知らない。しかし和彦はそのことを特に不思議にも思っていないし、さほど不自由とも感じていなかった。

蟹田駅に着いた。

志津江の所に電話を入れておこうと、待合室に備え付けの電話帳をめくった。わずか三十ページほどの最後のワ行には、若村という家は一軒もなかった。国谷という家は何軒かあったが、いずれも塩越地区ではなかった。きっと電話は、志津江の名義になっているに違いない。しかし和彦は、うかつにも志津江の姓を知らないのである。そのことに思い当たり、思わず苦笑した。

「お客《ぎやく》さん、以前にも乗っだごどがあるね」

タクシーの運転手が話しかけてきた。その運転手は去年の三月に来たとき乗ったのと同じ男だった。

「塩越の、昔お医者さんだった国谷さんのところへお願いします」

「お客《ぎゃく》さん、不動産屋さんだが？」

「違いますよ。どうして？」

「いや何、あの家《え》もやっと買い手がづいだのがと思ったもので」

「ただの知り合いというか、まあ縁者なんですよ。今度はしばらくそこに厄介になろうかと思って」

「厄介になるって、すばらく蟹田にお泊まりだが？　宿はどぢらで？」

「いやその国谷さんのうちに泊めていただくつもりですが」

「え？　あっはっは。お客さん、冗談は無すだよ」

運転手は笑い出した。

「冗談？　どういうことですか？」

「だってお客《ぎゃく》さん、お知り合いだったらご存じだびょんが、もう七年も前がら、あの家《え》は空き家なんだよ。手入れねど、たげ住めね。去年も来らぃだんだはんで、わがっておらぃるびょんに」

「何を言ってるんですか。去年この車で送ってもらったときも、あの家に泊まったんですよ。あの家は今、若村さんという人の所有に変わっているけど、志津江さんという元看護婦さんが留守番でおられるじゃありませんか」

運転手はタクシーを停めた。雪道を僅かにスリップした。そして後ろを振り返った。

「お客さん、気味の悪ぇごど言《ぎやぐ》わねでけ。志津江さんだば私《わー》もよぐおべでらが、もう七年も前さ亡ぐならぃでら」

運転手は明らかに動揺していた。

「そんな馬鹿な」

「この道路横切《けんど》るべとすてトラックにはねらぃで。事故のあった場所にはお地蔵さんが立ってらよ。塩越の人《ふと》たぢは「しずゑ地蔵」って呼んで毎日拝んでらんだよ」

運転手の目は真剣そのものだ。

和彦は一瞬ぞっとして肌に粟が立った。しかしすぐに、からかわれているということに気がついた。和彦は去年の三月にこの町に来て、志津江に会っている。七年前に亡くなったなどということがあるはずがない。

「もういい。わかった。出してくれ」

和彦は反論するのが馬鹿馬鹿しくなった。それにしても、たちの悪い冗談だ。

運転手はルームミラーでじっと和彦を見つめていたが、顔を背けた和彦にもうこれ以上話してもしかたないと思ったのか、車を発進させた。

しばらくして、塩越の集落へ通じる道の前にタクシーは止まった。集落までの五十メートルほどは、ここから歩かなくてはいけない。運転手が何か気味悪いものでも見るような目つきで釣り銭を寄越し、塩越の集落へ入る道の側にある電話ボックスを指さした。

「あの電話ボックスの横さそのお地蔵さんがあります。浜辺からこぢら側さ渡るべとすてはねらぃで。即死ですた。浜で拾って抱いであった汐木、喉突ぎ抜げであったそうばって」

和彦は返事をしなかった。タクシーを降りると、すぐ目の前に運転手が指さした電話ボックスが確かにあったが、和彦は強いて視線を向けなかった。しかし、その横には確かに、赤い前垂れを付けたお地蔵さまがあり、周りの雪がきれいに掃かれて密柑が供えてあったのだが……。

雪の坂道を上り参道脇を右に曲がるといよいよ塩越の集落で、一番手前の大きな屋敷が旧国谷医院である。二つの大きな石柱が横から見えた。和彦はもう、タクシーの運転手の冗談のことは忘れていた。急に訪ねてこられて驚くに違いない志津江に何と挨拶するか、その言葉を考えながら雪の坂道を登った。

和彦は門柱の前に立った。九カ月半ぶりだった。

門柱の片側には、以前と同じ「国谷内科医院」という表札がはまっていた。しかし何かどこかが違っていた。

同じ家なのに、何かが違っていた。

「まさか、そんな……」

和彦の全身に鳥肌が立った。

門柱の左右の鉄扉は閉ざされ、開けられないように針金が巻き付けてある。門の内側は玄関まで丸い敷石が続いているはずだが、二十センチばかりの雪に覆われ、敷石は見えなかった。敷石ばかりでなく、庭全体にも雪が積もり、庭木も灯籠も池も庭石も何もかもが雪に覆われていた。玄関の扉の色は抜け落ちてくすんでいた。窓は一階も二階もすべて雨戸が立て込めてあった。

「七年前から空き家……」

タクシーの運転手の言ったのと同じ言葉が、今度は和彦の口から洩れた。

「そんな馬鹿なことが……」

和彦は悴む指で門扉に巻き付けられている針金をほどいた。冷え切った針金は固く、力を込めて拡げようとする和彦の指を裂いた。それでもやっとの思いで開くと、転げ込むように玄関に向かって積もった雪をかき分けながら走った。

チャイムを押した。中で音がしている気配はない。ノブを回した。しかしドアは開かない。ドアを両手で叩いた。

「志津江さん、私です。和彦です」

何度も何度も叩いた。掌が裂けて血が滲み、その血がドアに付いた。チャイムのボタンを押し続けた。ノブを押した。引いた。ドアを足で蹴った。

和彦は玄関から入るのはあきらめ、家の周りを回った。右回りに角を回るとすぐに勝手口があった。もちろんそこも鍵がかかっており、叩いても返事はない。勝手口の横には、中から伸びたガスホースが壁にぶら下がっていた。ガスホースの先には大型のプロパンガスボンベが置かれているはずのスペースだが、ボンベはなかった。ボンベがないということは、それだけでも誰も住んでいないということを意味していた。

母屋の裏は膝の下あたりまで雪が積もっていた。和彦は、何度も雪の中に転び、ズボンを腰近くまで濡らしながら、やっと家の周りを半周して海が見える側に出た。そこには母屋から伸びる渡廊があり、その先に土蔵作りの外風呂があった。鮎子と結ばれた雁風呂である。和彦は頭をやや低くしてその渡廊の下をくぐり、雁風呂の焚き口の方へ回った。そこへの入り口の板戸も、薄板を十字に釘で打ち付けて閉ざしてあった。和彦はその薄板を思い切り力を込めて引いた。板は思いの外簡単に剥がれた。釘は錆び、板は朽ち、昨日今日に閉ざしたのではない歳月が感じられた。

和彦は焚き口から脱衣所にあがり、そこから渡廊を抜けて母屋へ回った。渡廊もそして母屋の廊下も雨戸が立てられており、黴と埃の匂いが闇の中に漂っていた。和彦は暗がりの中を手探りに玄関へ回り、内側から鍵を回しドアを開けた。外の光が束となって、薄暗い廊下の一番奥まで一気に差し込んだ。その明かりを頼りに和彦は奥へとまた逆戻りした。一番手前の部屋は昔の病院の待合室と診療室である。その奥に調剤室があった。そこから奥はプライベートな居間になり、台所、小部屋、そして鮎子と二人で食事をした和室があった。部屋の家具も調度もそのときのままだった。ただ違っているのは、人の気配が全くなく、畳は湿って腐り、壁は雨漏りで染みが拡がり、黴臭い匂いが漂い、埃が一面に積もっていることだった。ひと気がないとは言っても、引っ越した直後というのではなく、直前まで人が生きて暮らしていたそのままの状態で何年も閉ざされていた家という感じがした。

二階へ上がった。ドアを開けて鮎子の部屋に入った。中へはいるとドアが勝手に閉まった。雨戸の隙間からわずかに洩れる光に、部屋の中がぼんやりと見えた。何も変わってはいない。十五年振りに結ばれたあの日のままだ。壁には、原撫松の『裸婦』も架かっていた。

「アユ」

和彦はその絵の前に立ち、鮎子に呼びかけた。何がどうなっているのか全くわからなかった。和彦はあの夜、愛を確かめ合った鮎子のベッドの端に腰を下ろし、顔を両手で覆った。寒さと疲れと、そして何よりも驚きから、立っていることはおろかベッドの端に座ってもいられなくなり、膝から崩れ落ちて床にへたり込んだ。濡れたズボンが身体の熱を下半身から奪い、身体の震えも止まらなくなった。

そのとき、階下に人が忍び歩く音がした。

みしっみしっと廊下を歩く音、湿って腐った畳を踏むぐしゅぐしゅという不快な音を、和彦は凍える意識の端に捉えていた。その足音は階段の下まで来て止まり、一瞬の静寂の後、再び一歩ずつ、二階へと上がり始めた。

死に神――和彦はそう直感した。

鮎子を呼ぼうとしたが声にならない。立ち上がって逃げようとしたが身体が動かない。頭を膝に抱え込むのが精一杯だった。

足音は鮎子の部屋の前で止まった。ドアのノブに手が掛かり、回す音がした。和彦の身体の震えは頂点に達し、意識が緊張に耐えきれず、崩れるように床に倒れ伏した。

ドアが開いた。強い光の束が真っ直ぐ伸び、震えて転がる和彦を捉えた。

「おい、大丈夫が」

さっきのタクシー運転手だった。光の束は懐中電灯の灯りだった。

「お客《ぎやぐ》さんが変なごと言うもんだはんで、心配になって」

翌朝、和彦が目覚めたのは蟹田川沿いの旅館「つがる」だった。タクシーの運転手に抱きかかえられるようにして塩越の国谷家を後にし、この旅館にかつぎ込まれたのだ。

昨日のことは夢だったのだろうか、それとも去年の春の出来事の方が夢だったのだろうか。和彦はまだ昨日の驚きが激しく、目は開いているけれども意識は覚めていない状態だった。そのため、宿の女主人が朝食を運んできたときに強い津軽訛で話したことも上の空で聞いていた。

「あそごの家《うぢ》は七年前、一年《いぢねん》もしねうぢに、四人も死人が出で、家《うぢ》がなぐなってまったんだ。国谷先生の別居してだ奥さんが雪《ゆぎ》の中《なが》で睡眠薬自殺したのがはじまりで、先生も酒《さげ》薬で身体こわして後《あど》を追って死んでまるし、東京から療養に来てだ姪ごさんも病気の悪化で急に亡ぐなったし、先生の愛人でねがって噂されでだ看護婦の志津江さんも交通事故で死んでまって、あっという間に誰《だあれ》もいなぐなってまったんだ。たんだのぉー、あんまり急だったはんで、死んだ四人とも自分だぢが死んだって実感がなくて、化げで出るって評判だどごで、誰もあの家《うぢ》さは、近《ぢが》づがねんだ。野良犬だって近《ぢが》づがねもの」

和彦の行き先を探すよう依頼された森下は、精力的に動き回った。

彼は先ず、和彦の勤務先の協会へ行き、次いで和彦の所属していた俳句同人誌『海神』編集部と、天羽菜穂子の所属する短歌結社『天雷』編集部を回った。その結果、和彦が『海神』を除名に近い形で追放されたこと、協会の職員が文子に電話で言っていた「大変なこと」というのが、和彦たちが進めていたリストラ策に対抗して労働組合の結成準備会が発足し、和彦を含む経営側を吊るし上げたことを指しているのだということがわかった。その翌日から和彦は無断欠勤していたのである。

『天雷』編集部には、実際に天羽菜穂子と面識のある人間は一人もいなかった。彼女宛に編集部気付で来る郵便物などは、数日分取りまとめて渋谷郵便局の私書箱に転送していることがわかった。

森下は更に、涼香の許可を得て和彦の部屋の中やパソコンの中身も丹念に調べた。そしてついに一つの突拍子もない結論に達した。

森下は、涼香と源一郎、そして文子に集まってもらい、驚くべき事実、あるいは推理を報告した。

「和彦氏の行き先がほぼ分かりました。青森県の蟹田町です。最後の電子メールが一月五日の昼に出されていますが、それにそう記されていました」

森下は少し間をおいた。これから自分が言おうとしていることがあまりに突飛なために、自分自身をもう一度納得させようとするかのように、大きく息をついた。

「それから、もっと重大なことがわかりました」

「天羽菜穂子の正体がわかったのね」

「そうです」

「何者ですの？　実は若村鮎子の幽霊だっただなんて言わないですよね」

涼香は余裕のあるような口振りで応対した。その方が自分をより美しく見せることが出来ると知っているからだ。

「それに近い話です。実は……」

「はい」

「実は、天羽菜穂子は藤村和彦さんでした」

「え？」

三人は一様に驚き、声を上げた。思ってもみなかった報告だった。

「歌人・天羽菜穂子と俳人・藤村和彦氏は同一人物だったのです」

珈琲を一口舐め、森下が更に続ける。

「短歌雑誌『天雷』に届く天羽菜穂子宛ての手紙類が転送されている渋谷郵便局へ、昔の私の部下だったEという刑事に、和彦氏の写真を持って行ってもらったのですが、そのEからの報告で、和彦氏が私書箱コーナーに頻繁に出入りしていたことが判明しました」

「和彦がそこで、郵便物を受け取っていたと？」

「そうです。そして、和彦氏の部屋にあった預金通帳の記載に、W社という不動産管理会社が毎月、不動産賃料を引き落としていることを見つけましたので、E刑事とともにW社を訪ね、和彦氏が借りておられるワンルームマンションに案内してもらい、部屋を開けてもらいました。そこには、天羽菜穂子と短歌に係るものの一切が置かれていました」

「和彦はマンションを借りていたんですか？」

「はい」

「表札は？」

「表札はありませんでした」

「そこに出入りしていたのは和彦だけだったんですか？」

「はい。マンションの管理人や隣室の住民などにも写真を見せて確認しましたが、ご主人の他には誰の出入りも目撃されてはいませんでした」

「そうですか」

「また、ご主人のパソコンを調べた結果、電子メールは二本契約してあり、一本が和彦氏、もう一本が天羽菜穂子のものとしてやり取りされていました。その手紙や電子メールの中身などから、和彦氏が、俳人・藤村和彦と歌人・天羽菜穂子の「二人」を使い分けておられたことがわかったのです」

「信じられないわ。そんなこと」

森下は涼香の疑問を無視して続けた。

「和彦氏は二人の俳人と歌人――天羽菜穂子と藤村和彦――を器用に使い分け、二人の間に、長いこと接点はありませんでした。ところが、一昨年の九月に「二人」は出会い、十一月に軽井沢で再会してから、急に「二人」の間での電子メールのやり取りが盛んになったのです」

「一人二役なのに、どうやって出会うことができるとおっしゃるの。わけが分からない。その上、一人の人間が二人を交互に使い分けお互いにメールを交換していたというの。そんな荒唐無稽な話、冗談じゃないわ」

興奮気味に涼香がまくしたてた。自分を美しく見せようという余裕はすっかり失ってしまっていた。

「妄想か」

じっと黙っていた源一郎が口を開いた。

「それは考えられます。あるいは和彦氏は、本人と天羽菜穂子との二重人格なのかもしれません。そして、歌人・天羽菜穂子の方が俳人・藤村和彦よりも有名になるに従って、菜穂子の人格が独立を考え始めたのかもしれません」

「そんな馬鹿なことが……」

「私は警察に三十年奉職しておりました。これと似たようなケースを体験しています。二人の人格を使い分けているうちに、後から作り出された従属人格が、主なる人格に戦いを挑み、結果として自殺に至ったケースです。有名な話としては、アメリカのスーパーマン役者が、スーパーマンに人格を奪われ、空を飛べると錯覚してビルの窓から墜落死した事件がありました」

「その話なら聞いたことがあるわ。でもそれと和彦とが一緒だなんてことが……。じゃあいったい若村鮎子って誰なの？　どんな関係があると仰っしゃるの？」

「問題はそこです。天羽菜穂子を作り出してから十年間、全く接点を持たないようにしてきた「二人」が、なぜ急に接触したか。しかも、やり取りのメールから察するに、単なる出会いではなく、天羽菜穂子は若村鮎子の代理人として和彦氏の前に登場しているのです」

「でも、いったいどうして」

「考えられるとすれば」

森下はいったんそこで言葉を切った。そして大きく息をした。

「突拍子もない推論だと笑われるのを覚悟の上で申し上げますが」

とまた言葉を切り、一息ついた。

「作られた人格である天羽菜穂子は過去を持ちません。そこで、自分の過去を作り出すために若村鮎子の過去を借りたということが考えられます。あるいは逆に、七回忌を過ぎてなおもこの世に未練のある若村鮎子の霊が、従属人格である天羽菜穂子に乗り移った、ということも……」

「まさか……」

「いずれにせよ、「二人」の人格が交互に現れ、電子メールの交換をしているうちに、架空恋愛の深みにはまっていったものと考えられます。たぶん、バリ島のホテルにおける若村鮎子名でのチェックインは、和彦氏自身がされたのでしょう。山口への旅も実際は和彦氏一人だったのに「二人」で行ったように妄想し、宿帳に「二人」の名前を記載したに違いありません」

「そう言えば……」

文子は、あのバリ島旅行の際、和彦と一緒にヌサ・ドゥア・ビーチホテルへ二日続けて立ち寄ったこと、そして和彦が一人でフロントに行き何かしていたことがあったのを思い出したと言った。

涼香は慄然とした。だとすれば、自宅での「密会」も、二重人格が作り出した一人芝居だったことになる。和彦が自分でベッドに香水を振りまき、一人身悶えしていたとすれば、あまりに哀れだった。

「死霊が取り憑くだなんてことが……」

「先ほども申し上げたように、私は警察に三十年奉職し犯罪捜査一筋に勤め上げました。けっして常識では考えられない、霊の存在を信じなければ辻褄の合わない事件も何度か体験しました。実際に、霊の協力で解決できた事件もありました」

「……」

「急がなきゃいかんな。この私も、霊体験ならフィリピンの戦場でも、戦後の五十年でも、何度も体験してきた。彼にだってあり得ない話じゃあない」

源一郎が興奮気味に口をはさんだ。

涼香はもう完全に和彦の不倫を疑う心は消えていた。むしろ彼の心の病に気付いてあげられなかった自分を責める気持ちになっていた。ちょっと話し合えば、彼の「浮気」が実に辻褄の合わないことだらけかがわかったはずなのに、それをしなかった自分の愚かしさを思った。とは言え、もし和彦が浮気をしていたとしても、彼の方から謝って来さえすれば許すつもりでいたのである。その点では涼香は、和彦への愛情が冷めたわけではなかった。

「私、行くわ。でも蟹田って、いったいどこにあるの？」

蟹田は朝から吹雪だった。

和彦は、今日もう一度塩越の国谷家に行ってみるつもりだった。しかし、町に二台しかないタクシーはどちらも青森方面へ出払ったまま吹雪で戻ってこられず、いつになるかわからないということだった。歩いて出かけようかとも思ったが、

「吹雪に巻がれて雪達磨になってしまうでねえが」

という女主人の真顔の忠告で、結局、明日に延ばすことにした。

和彦は、昨日の朝食の時に女主人から夢うつつの状態で聞いた国谷家の悲劇のことを忘

れたわけではなかった。もう一度詳しく聞きたいとも思った。が、切り出すことが出来なかった。念を押されるのが嫌だったからだ。それにもう一度行ってみれば、今度はちゃんと鮎子も志津江もいるような、そんな気がするからでもあった。

吹雪は夕方にはおさまった。雪はまだ降り続いていたが、風は止み、町は静かになった。しかし外は吹雪の暗さが晴れないうちに夕暮れの暗さとなり、結局、一日中暗いままで終わってしまった。陰鬱な、しかし津軽ではありきたりの冬の一日が暮れた。

炬燵に寝そべってただぼんやりしていた和彦の耳に、階下の玄関の外から、中へ向かって呼びかける人の声が届いた。

「おばんです。おばんです」

玄関の硝子戸を小さく叩きながら、何度も呼びかけている。旅館の人が出るだろうと放っておいたが、いっこうにその気配はなく、その呼び声もなかなか止まない。しかたがないので和彦は階下に降り、玄関の戸を開けた。

「あっ」

「お迎えに上りました」

志津江だった。暗い夜空に降る雪を背にして立ち、和服の上に道行きを羽織っていた。

「どうして」

「鮎子さんから連絡があり、和彦さんが見えておられるって知らせをいただいたものですから、私、あわてて。あの国谷の家は春先から閉めて、私、しばらく他所へ行っておりまして。一昨日行かれたのならびっくりなさったでしょう。申し訳ありませんでした。昨日今日と、二日かけてきれいに掃除をしましたから。さあ、ご一緒にどうぞ」

「ちょっと待って。アユは、いや鮎子さんはもう来てるんですか?」

「ええ、つい先ほど」

和彦は、タクシーの運転手の話も宿の女主人の話も結局は嘘だったことを知り嬉しくなった。玄関先で志津江を見たときには一瞬驚いたが、志津江の話はちゃんと辻褄が合う。雁風呂の季節が終わったあとで家を閉ざし他所へ行っていたのだ。和彦が連絡もせずにやってきたので、家を開けて整えるのが間に合わなかった、ただそれだけのことだったのだ。

しかしそれにしても、この町の人は何故あんな嘘をついたのだろう。長い冬の間を雪に閉じ込められるこの町では、こうしたことも退屈を紛らわす一種の遊びなのだろうか。もしそうなら目くじらを立てて怒るわけにはいかない。やがてこの町で鮎子との暮らしが始まれば、このことも笑い話になるだろうと、和彦は簡単に自分を納得させた。

「じゃあ参りましょうか」

志津江は傘を一本和彦に差し出すと自分は別の傘をさし、懐中電灯で足元を照らしながら歩き出した。

「ちょっと、志津江さん、歩いて行くんですか?」

志津江は返事もせずさっさと歩き出した。和彦は慣れない雪道を遅れないようについていくのがやっとで、志津江と親しく口を利く余裕がなかった。二、三歩先を行く志津江は時折後ろを振り返ったが、その足取りは和彦には怒っているように見えた。急にやって来られて、半年以上も空き家にしていた家をあわてて掃除しなければならなくなったせいだろうと、和彦は理解した。

「連絡もせずに急に来てしまって申し訳ない」

和彦は後ろから謝った。

「いいえ。でも今日は昼間ずっと吹雪だったんで、いろいろ間に合わなくて。ご不自由をおかけすることがあると思いますが」

歩き出してからおよそ三十分で塩越の集落の入り口に着いた。和彦はふいにタクシーの運転手の話を思い出し、横目でそっと電話ボックスの周りを窺ってみた。しかし「しずゑ地蔵」らしきものは何も見えなかった。今朝から激しく降り積もった雪がその辺り一帯を改めて覆い尽くしていたのである。しかし、雪の下に何かが埋まっていると思わせるように僅かに盛り上がった一角が目に入り、和彦は一瞬どきりとした。

門を入ると、玄関までの雪はきれいに掃かれ、丸い敷石が見えた。しかし玄関先は真っ暗で、玄関灯も庭園灯も点いておらず、家の中からも灯りは洩れてはいなかった。そのとき静かな雪闇の向こうから、なにかがぱちぱちと弾けるような音がした。

「お風呂の焚き付けの木が燃えている音です」

「雁風呂を焚いているんですか?」

「ええ。まだ季節には早いのではと申し上げたんですが、鮎子さんのたっての希望で。鮎子さんはたぶんもう先に入っておられるでしょう」

和彦はその一言で、湯に透ける鮎子の裸身が目に浮かんだ。雪道を歩いてきたかいがあった。

そんな和彦の心を見透かしたのか、志津江が、

「和彦さんも、どうぞそのまま身体を暖めに行って下さいませ」

と言いながら玄関の扉を開けた。

「あ!」

そこには異様な世界が拡がっていた。和彦は思わず息を呑んだ。玄関から真っ直ぐに伸びている廊下の両側にほぼ五十センチ間隔で火のついた蝋燭が立ち、青白い炎を上げていた。

「さっきご不自由をおかけしますと申し上げたのはこのことです。停電になったまま元に戻らないんです。今日は吹雪で電気工事にも来てもらえなくて。鮎子さんに申し上げたと

ころ、こういう風にしなさいって。この方が素敵な夜が過ごせるでしょうとも仰って」

和彦が廊下を歩くと蝋燭の炎が揺れ、すると和彦の影が右に左に天井にと大きく揺れた。それは命を持った影、あるいは、得体の知れない生き物のようですらあった。

和彦は廊下から渡廊の方へと曲がった。左右両側が硝子戸になっている渡廊にも電気は点いておらず、代わりに、玄関先に置かれていたものよりやや細い蝋燭が三十センチ間隔で両側に並び、揺れて光をこぼしていた。外が真っ暗なために硝子戸は両側とも鏡のようで、蝋燭の列柱の薄明かりをお互いに映しあって無限の奥行きを見せていた。和彦は渡廊のちょうど真ん中に立ち止まり、次第に小さくなりながらどこまでも奥へと続いている様子を眺めた。すると、鏡に映している自分と、映しだされている自分との間に、実はたいした差はないのではないかという思いに囚われた。それは例えば、実際に経てきた過去と、夢想した架空の体験との間に、未来の一時点から振り返れば何ほどの違いもないのと同じように。あるいは、今ここで自分を演じている自分と、その自分を斜め後ろからいつも冷ややかに見降ろしている自分とが、どれが実際の自分なのかの区別がつかないように。

「刹那以外に実存はない」――蝋燭の青白い炎に揺らぐ自分の姿を、無限に続く一人称の行列の一断面として見たとき、長いこと和彦の心の中でわだかまっていた混沌とした思いが言葉になった。

和彦は渡廊を過ぎ、雁風呂の入り口の木の引き戸に手を掛けた。この戸を開ければ、鮎子が――鮎子との刹那の快楽が――待っている。

ＪＡＳ最終便で青森空港に到着した涼香と森下が、空港からタクシーでＪＲ青森駅に向かい、特急「はつかり二十一号」に乗り込んで蟹田に着いたのは、午後九時半を少し回ったところだった。

蟹田の駅前には幸いなことに、タクシーが一台止まっていた。二人は乗り込むと、運転手に声を掛けた。

「国谷という病院が今でもありますか？」

「珍すぃね。お客《ぎゃく》さんも国谷さんどこのお知り合いがね？」

「も、と言うと？」

「一昨日《おどでな》も、そごへ行ぎでという人《ふと》一人乗せでね。わんつか変わってらどいうがなんというが、その……」

和彦だと直感した涼香は、運転手の言葉を遮った。

「その人、そのあとどうしたんですか？」

「え？　ああ、そのあどだが。その家さ泊まるつもりだったようばって、何すろもう何年も空ぎ家《え》だったはんで、とんでもねことで。それで私《わー》が、この先の旅館さ案内すたんだ。

今日もまだ泊まっておらぃるど思いますよ」

涼香は森下の方へ顔を向けた。簡単に見つかった驚きと、間に合ったという安堵感がそれまでの張りつめた気持ちを和らげ、表情に笑みさえ浮かんだ。

「そこへ、その旅館へ行って下さい」

涼香はうわずった声を上げた。

「誰《だい》か尋ね人《ふと》かね？」

「主人なんです。心の病でふらっと旅に出たものですから、探しに来たんです。この人は警察の人です」

涼香は、森下のことをそう運転手に教えた。正確には「警察官だった人」というべきだが、その一言でタクシーの運転手は姿勢を正した。しかし一方で、その目は好奇心で輝いた。

「その人《ふと》は変なごとしゃべってはったが、事情さおべねがっただけのようで」

「事情？」

「ええ、あの家《や》にまだ知り合いが住んでらと思っておらぃだようだよ。もう長《な》げこと空ぎ家《え》で、幽霊すか住んでませんのにね」

「幽霊ですって！」

「うわさだよ。でもこの辺りじゃ評判で。広《ひれ》ぇりっぱな屋敷で、渡り廊下で母屋ど蔵造りの外風呂どが繋がってあったりするもんだはんで、別荘にするにはもってごいなのに、そったらうわさのせいで、買い手がづがねって話なんばってね」

「幽霊屋敷だなんて……」

涼香は不安そうに森下を見た。森下は何も言わずに黙っていたが、運転手の言った「蔵造りの外風呂」という言葉に妙に引っかかるものを感じていた。

「着いだ。ここだ」

運転手は一緒にタクシーを降り、二人の先に立って旅館「つがる」の大きな硝子の引き戸を開け、津軽弁で奥へ声を掛けた。

「おばんです。一昨日《おどでな》のお客《ぎやぐ》さんに会いでという人連《ふと》れでぎだんだばって」

「はぁーい」

女主人が出てきた。

「一昨日のお客《ぎやぐ》さんに、奥さんど警察の人《ふと》が……」

「あれ、そんだか」

女主人は涼香と森下を交互に見比べた。こちらも好奇心むき出しの目だ。

「二階の部屋だったがぇな」

運転手が先に上がろうとしたとき、うしろから女主人が、

「今、出がげでるみたいだよ」

と言った。

「出はった？　どごさ？」

「さぁー、夕方がら顔っこ見えねんだけど。ごはんも用意ばしでんだけど、まだ戻ってきてねえみたいで。どっかさ飲みにでも行ったんでねが。何だが、いろいろ悩んでる感じだったはんでの」

女主人は涼香の美貌に驚き、無遠慮な視線を投げかけながら答えた。

「火事だ！」

そのとき突然、外で大きな声が上がった。

「火事？」

四人は目を見合わせ、次の瞬間、慌てて外へ飛び出した。

「塩越の方だ」

「国谷の幽霊病院でねが？」

外に出て集まってくる人の中から声がした。

「車を借りるぞ」

森下はタクシーの運転席に勝手に乗り込んだ。涼香が後部座席に乗ったのを確認すると、車を急発進させた。

風で蝋燭の炎が消えないように、海へ向く雁風呂の大きな枢《くるる》の窓は閉ざしてあった。そしてその窓枠のわずかな幅にも数本の蝋燭が燃え、浴室の床にも板壁にそってたくさんの蝋燭が並び、雁風呂全体を妖しく照らし出していた。

和彦は鮎子と並んで雁風呂の湯の中にあった。裸身の鮎子は、頭を和彦の肩にもたせかけ、視線は天井を這う蝋燭の薄黒い煙を追っていた。

「すると和ちゃんは、永遠なんてないって言うのね」

「そう。過ぎ去った時間を生きることは出来ないし、まだ来ぬ時を生きることもできない。生きることが許されているのは、この今の一瞬だけだ」

「蟻地獄の縁に立つと、踵から砂が崩れていってしまうから、前へ前へと進まざるを得ないみたいに？」

「さすがに歌人は面白い例え方をするね」

和彦はそう言いながら、

うしろにも髪抜け落ちる山河かな　（永田耕衣）

という句を声に出した。「今」は後ろへ虚空へと次々に剝落していくが、さりとて、「今」という刹那の実存は確かにあると解釈しうる句だと鮎子に告げた。

「それは違うわ」

「え？」

「その解釈は少し違うと思う」

「どう違うと言うんだ?」

「永遠はあるわ。実存を時間の流れの中だけで捉えようとするから、和ちゃんのような結論になるのよ。有情は無常の中にこそ存在するのだし、虚にいるからこそ実をなすことに意味があるの。時間や空間はけっして越えられない制約ではないのよ」

「難しい言い回しだ」

「論理や理屈では説明できないわ」

と言いながら、鮎子は湯船の中に立ち上がった。鮎子の長く伸びた足の付け根が、ちょうど和彦の顔の前にきた。

「和ちゃん、鮎子が和ちゃんに教えてあげる。そして連れていってあげる。二人の魂が一つに溶けて永遠になるところまで」

ぴたりと合わさった付け根の奥に、言語による形状表現を拒絶した神妙な襞があるはずだ。晩年のピカソが執したという無から有への扉だ。混沌から生命が生まれ産道を抜けて現世の存在となるのならば、また再びこの世を去るときには、逆のコースを辿って女体の宇宙に吸い込まれていくのが、男にとって最も望ましい終わり方かもしれない。しかし鮎子は終わりがそのまま無への回帰ではなく、永遠そのものになれる方法があるのだと言う。至福の時が永遠に続く場所があり、連れて行ってくれると言うのだ。それならそれに賭けてみるのも悪くはない。和彦は鮎子を見上げた。

「教えてくれ」

「連れていってあげるわ。始まりも終わりもない、虚でもない実でもない、永遠の中に」

そのとき、遠くで何かがぱちぱちと弾け折れる音がし、ごーっと風が吹き寄せるような響きが巻き起こった。

「和ちゃん、儀式の時が来たわ」

「儀式?」

「そう、儀式。刹那が永遠に変わる儀式よ」

「来て」

と鮎子は和彦の手を引いて湯船から出た。そして床の簀の子の上に、和彦に結跏趺坐を促した。何かが弾けたり折れたり風が巻き上がるような音は次第に大きくなり、いよいよ近づいて来た。

板戸の隙間から白い膜のようなものが這い込んできた。それは雁風呂から立ち上る湯気よりもやや紫がちで、吸うと噎せた。それは煙だった。

鮎子は結跏趺坐した和彦にゆっくり跨ると、静かに沈み込んで和彦を自らの宇宙に包み込んだ。男と女が最も深くつながることの出来る契り方だ。

「和ちゃん、もうけっして離れないでね」

和彦は分かっていた。炎が迫っているのだ。廊下に立てた蝋燭の一本を志津江が倒して火を付けたのだ。それは鮎子の指示によるのだろう。鮎子が口にした「儀式」の意味もおぼろげに分かってきた。

「愛縛の頂点のまま、火が二人の肉体を燃やし尽くしてくれれば、魂が溶け合って一つになれるわ」

鮎子は言った。

和彦は鮎子の豊かな臀部を抱え、これ以上ない深さまでゆっくりと押し進んだ。そしてふいに思い当たった。この結ばれ方こそ、密教曼陀羅図の男女和合の究極の姿だということを。

「和ちゃん、もうすぐよ。もうすぐ、刹那が永遠になるわ」

煙は浴室内に充満してきた。火は渡廊を舐め、いよいよ雁風呂の板戸の外まで迫ってきた。浴室の中が異様に熱くなった。周囲の壁から煙が吹き出し、その煙が蝋燭の炎を煽った。

「アユ、苦しい。もう息が出来ない」

「和ちゃん。これで和ちゃんは鮎子の永遠になるのね」

鮎子は両腕で和彦の頭をしっかりかかえ、和彦の顔を自分の乳房の双丘の間に抱きしめた。

脣も鼻も塞がれた和彦の意識は次第に混濁し始めた。五官の官能は肉体の束縛から離れ、闇の黒と炎の赤の世界へ溶け出していく。火が雁風呂の板戸を打つ音は石見神楽の囃子とガムラン音楽の競演へと変じ、二人を焼き尽くそうと迫る炎の揺籃は、燃え上がる大蛇の炎柱を囲むチャンドラワシーの原色の舞いとなった。そして二人の和合した肉体からは、まったく同じ形をした幽体が抜け出ていった。それは一つではなく、無数に次々と離魂して中空に漂い始めた。初めは無秩序に漂っていたそれら離魂の群は、やがて音楽と舞いに合わせて、ある秩序を持って並び始めた。闇の中空に和合したままの二人の肉体が座し、その周囲を、無数の和合の幽体が輪状に取り囲み、それぞれが炎環の光背を背負って瑠璃色に輝き、更に、蛍火が白蓮華に変化して最外縁部を荘厳する、密教の性愛曼陀羅図さながらの光景となった。

和彦は、意識と官能の死を代償に曼陀羅の世界へ溶け込み、永遠に愛縛の位を得た。

エピローグ

馬を洗はば馬のたましひ冱ゆるまで
人恋はば人あやむるこころ　（塚本邦雄）

「二十五年間、一切の反応がなく、脳死状態で寝たきりだった患者の脳が、ここ数日、反応を見せているのです。奇跡が起きるかもしれません」

若い医師が興奮気味に脳波測定器を指さし、

「今は一時間に一度程度、まったく同じ波形が脳に表れていますから、（静止画）がフラッシュするような夢が脳裏に浮かんでいるのでしょう。そのうち、この波形の頻度が上がれば、我々が日頃見ている動きのある（動画）のような夢に変わると思われます」

「静止画から動画へ、ですか」

涼香は森下と目を見かわした。

「そうです。今は動きのない、静止画のような夢ですが、いずれ」

医師は、穏やかな口調に戻り答えた。

短い花時が終わり、東京は葉桜の季節を迎えていた。

和彦のベッドの周りには、複数の医師と涼香と森下がいた。

「どうして、二十五年もたった今なのでしょうか？」

涼香はもうすぐ六十歳になる。父源一郎の亡き後、その不動産会社を引き継ぎ、堅実に成長させている。フラワーアレンジメントの会社は、当時ビジネスパートナーだった武川から安値で買い取り、不動産会社の子会社として存続させている。

「二十五年ですか」

森下はすでに七十台の半ばを超えたが、今でも探偵社を経営し、現役の探偵としても活動している。涼香は父親と同様、取引がらみのトラブルには、森下の探偵社を重宝し使っている。

窓硝子越しに目黒川沿いの葉桜並木を見下ろしていた森下は、視線をゆっくり病室のベッドの上に戻した。そこには、両方の鼻の穴と口にチューブを差し込まれ、脳波の測定器を頭にはめられた和彦が、静かに眠り続けている。チューブによる栄養供与や低周波刺激による筋肉運動などの手厚い完全介護のせいで、六十五歳となっているはずの和彦の身体はふくよかで、十歳近くも若そうに見えた。その顔を見つめながら、森下はあの、二十五年前の蟹田での火事を思い出していた。

二十五年前のあの夜、風は陸から海へ向かって吹いていた。冬の蟹田では珍しくもない西風である。国谷病院は小高い塩越の集落の一番海寄りの端にあり、燃え上がる火の粉は、真っ暗な海の上へと吹き流されていた。

森下は涼香を残したままタクシーを乗り捨てると、坂道を駆けのぼり、裏手から集落に入って国谷病院の門の前に出た。そこには既に大勢の村人たちがいたが、なすすべもなくただ火事を見守っているだけだった。森下はその人垣をかき分けて前へ出た。

風は雪を煽って火の粉を巻き上げ、母屋は激しく燃えさかり、母屋から渡廊で繋がる蔵風の建物の方へも火が回り始めていた。その建物が「蔵造りの外風呂」とタクシー運転手が言っていたもので、そして、二人の電子メールのやり取りの中に頻繁に登場してくる「雁風呂」に違いないと思い当たった瞬間、森下は、その建物へ向かって走り出した。

人垣を作っていた村人の誰もが、まさか火の中に向かって飛び込んでいく男がいようとは思いもよらず呆気にとられている中で、森下は、着ていたジャンパーを脱ぎ途中の池の氷を割って中の水に浸し、頭から被って、渡廊の硝子戸を蹴破り、中へ飛び込んでいった。

もちろんそこに和彦がいると確信があったわけではない。しかし、煙に噎びながら浴室への板戸を開けると、そこには確かに和彦がいた。裸で板敷きに伏せ、胸にしっかりと、額に入った一枚の絵を抱きしめていた。

「藤村さん！」

森下は和彦を抱き寄せ、大声で呼びかけた。しかし反応はなかった。頬を両手で打ってみたが、やはり反応はなかった。森下は背後から脇の下に両手を入れて抱き起し、浴室から引きずり出そうとした。しかし、意識を完全に失った和彦の身体は思いのほか重たく、容易には動かなかった。炎が渡廊を舐めて浴室に迫り、煙が渦を巻いて押し寄せてくる。天井を火が這い始め、火の粉が降りかかり、このままでは自分も危ないと思ったその時、消防団の法被を着た地元の屈強な漁師が二人、駆け込んできた。

「人、いだんが!」

「大丈夫だが!」

男達に抱きかかえられ、和彦は火の中から生還した。

胸に抱いていた原撫松の『裸婦』は、助け出される途中で和彦の手から離れ、やがて燃え落ちた雁風呂とともに灰になった。

その後、国谷家の火事は一人の死者もなかったことなどから、自然発火によるものとして処理された。また、風向きが幸いして類焼もなかったため、地元へのわずかな迷惑料で片が付き、火事の後処理は簡単に終わった。それらは全て森下の尽力によるものだった。

蟹田での一通りの処理を終えた後、森下は大藤家に涼香を訪ねた。

「ご主人の会社の方はその後どうなりましたか?」

「協会からは(自己都合退職だが五割増しで退職金を支払う)と言ってきました。自殺未遂を労災として申請されないようにと警戒しての割増だろうと、父は怒っていましたけど。でも、別に争いたくもありませんので、受け取ることを伝えましたら、部下だった人が手続き方々お見舞いにやって来て、それっきり誰も。和彦の後任の部長には、何でも先輩のMという人が就いて、和彦が投げ出したリストラにも成功したとかいうようなことを言っていました」

「なるほど」

『海神』と『天雷』の動向については、森下の事務所の女性スタッフの一人が短歌に興味を持っていたので、彼女に調べさせていた。

「ご主人の参加しておられた『海神』には、一月号から、ご主人の俳句は掲載されていません。会員の消息を伝えるページにも、事故のことはおろか、和彦氏のことに関しても一切触れられていません」

「はい」

「しかし『天雷』には、若村鮎子と改名した天羽菜穂子の短歌が、つい先日発行された四月号にも発表されていました」

「四月号ですって！」

「いや驚くほどのことではありません。別に、幽霊が投稿したということではなく、原稿が前もって出してあったのでしょう。ただ、うちの事務所スタッフが色々と調べたところでは、あの事件以後、天羽菜穂子からの連絡は一切なくなり、『天雷』では彼女の「失踪」

が少し話題になりつつあるようです。そのうち、彼女に興味を持った誰かが、ご主人のペンネームだったということを突き止めるかもしれません」

「天羽菜穂子って、そんなに有名な歌人だったんですか？」

「そのようです。ところで、『海神』の俳句仲間は、どなたかお見舞いに来ておられるんですか？」

「来たいと問い合わせがいくつかありましたが、いずれもお断りしています」

「え？」

「俳句なんてやっていたから、こんな面倒が起こってしまったのよ。今後は一切かかわらないでくださいって言っておいたわ」

涼香はそもそも俳句に興味がなかったが、この一件で、むしろ憎悪すら抱いたようだった。句碑建立や自費出版句集に多額の金をつぎ込んでいた俳人が亡くなり、その後に、それらのことを是としない遺族が、生前の俳句仲間を一切葬儀などに係わらせないといったケースとどこか似ていた。

蟹田の火事の後、和彦は青森市内の病院へ運ばれたが、意識が回復する見込みが立たないこともあり、すぐに都内の目黒川沿いの病院へ移された。涼香の叔父、すなわち大藤源一郎の弟が理事長兼院長を務める私立病院である。

意識の戻らない原因は九分九厘、一酸化炭素中毒からくる脳障害と思われたが、実はもう一つ、考えられ得る病変が発見されていた。それは脳腫瘍である。精密検査の結果、和彦の脳内に複数の腫瘍があることがわかったのだ。

脳腫瘍にはいくつかの種類があるが、和彦の場合、二種類の腫瘍が発見された。一つは大脳にできた神経膠腫で、大脳を圧迫して意識を高ぶらせたり、奇妙な方向に暴走させたりする。もう一種類は視神経や聴神経などの神経を覆う細胞にできた神経鞘腫で、幻覚を見せたり、幻聴を聞かせたりする。

担当医師は、大脳に出来た神経膠腫は、高い確率で手術により全摘出が可能だが、神経細胞に出来た神経鞘腫は正常な部位との境界が分かりにくいため、手術で取りきることは容易ではないという。仮にうまく取り除けたとしても、それによって意識の回復する可能性は低いが、このまま放置すれば腫瘍はやがて脳幹部を冒し、半年以内に確実に死に至ると宣告した。

それはある意味で衝撃的な告知だった。従属人格の天羽菜穂子が独立を策したり、若村鮎子の亡霊が取りついたりしていたと思われる行動を和彦がとっていたのは、実はこの腫瘍がもたらした病変だったということになる。

「いや違う」

と涼香は思う。

腫瘍が鮎子や菜穂子の幻を作り出していたのではなく、鮎子の死霊が腫瘍となって和彦に取り憑いていたのだ。鮎子はたしかに悪霊として存在し、成仏できずにさまよっている。だとすると鮎子は、また何かのきっかけで、和彦を求めてやって来るに違いない。

涼香は手術の承諾書を提出し、和彦の脳腫瘍はきれいに取り除かれた。手術は完ぺきに成功した。しかし、医師の予想通り、和彦の意識は戻らなかった。

その後も、病院オーナー一族という特別な患者なので、意識を回復させるべく、様々な療法が施された。聴覚や嗅覚への刺激や、脳に微弱な電気刺激を与えることなども行なわれた。海外の研究論文に効果ある療法として紹介されたものは、危険性がない限り試みられた。しかし、和彦の意識は戻らず、脳も一切反応しなかった。

二十五年後の今日までは。

＊

「また後ほど、まいります」

と告げて、医師らが病室を出て行った。

「自分も、また寄せていただきますので」

森下もまた涼香に頭を下げ、大きな包みを差し出すと、そのまま踵を返し病室を出て行った。その所作がますます、古いタイプの任侠映画の主役の誰かに似てきて、滑稽だった。彼から受け取った不似合いに可愛いらしい模様のラッピングを開くと、鉢植えのイースターカクタスが出てきた。色濃いピンクの小花が印象的なサボテンだ。彼が考えて選んだものとはとうてい思えない。

「復活は果たして喜びなのかしら」

涼香はそのサボテンの花言葉を口にしつつ、カスミソウが活けてある花瓶を脇に避け、横にその鉢を置いた。

その後しばらく、病室には静かな時が流れた。

が突然、森下が、夕刊紙を手にして、やや気色ばみ、病室に駆け戻ってきた。

「どうなさったの？」

「もしかして、これが」

森下は、見開いたページの記事を指さした。三段の比較的大きな扱いで、今年度の短歌研究各賞の選考が京都ホテル・オークラで行われ、各賞の内、

「新人評論賞は、日系アメリカ人で國學院大學に留学中の二十四歳の若手歌人シャリスキン・かずみ氏の『消えた歌人天羽菜穂子、二十五年目の真実』に満場一致で決定した」

と報じてあった。

和彦の脳波がピクピクと複数回、反応した。

――完――

（あとがき）

本書には多くの方々の短歌、俳句を引用させていただきました。厚く御礼申し上げますとともに、事前にご了解を得ておりませんでしたこと、おわび申し上げます。

また、カバー画を描いてくれたフクナガリョウコさん、方言指南をしてくれた森本つばささんに、厚く御礼申し上げます。

雁の引く頃

発行日	2023 年 3 月 31 日　初版第1刷発行
著者	御子柴龍彦
発行者	田中清行
発行所	市井文学株式会社
	〒 277-0005　柏市柏 1245-16
	電話& FAX　(04)　7164-3390
印刷所	佐川印刷株式会社

ISBN978-4-902995-05-3　C0193